Marcia Kupstas

Eu te gosto, você me gosta

ENTRE LINHAS ADOLESCÊNCIA

Ilustrações: Evandro Luiz

Conforme a nova ortografia

Atual Editora

CB026331

Série Entre Linhas

Editor • Henrique Félix
Assistente editorial • Jacqueline F. de Barros
Preparação de texto • Lúcia Leal Ferreira
Revisão de texto • Pedro Cunha Jr. e Lilian Semenichin (coords.)/Elza M. Gasparotto
Célia R. do N. Camargo/Maria Cecília K. Caliendo/Edilene M. dos Santos

Gerente de arte • Nair de Medeiros Barbosa
Coordenação de arte • José Maria de Oliveira/Marco Aurélio Sismotto
Diagramação • MZolezi

Projeto gráfico de capa e miolo • Homem de Melo & Troia Design
Suplemento de leitura e projeto de trabalho interdisciplinar • Maria Sylvia Corrêa
Impressão e acabamento • Digital Page

Dados Internacionais de Catalogação na Publicação (CIP)
(Câmara Brasileira do Livro, SP, Brasil)

Kupstas, Marcia
    Eu te gosto, você me gosta / Marcia Kupstas ;
ilustrações Evandro Luiz. – São Paulo : Atual,
2003. – (Entre Linhas: Adolescência)

    Inclui roteiro de leitura.
    ISBN 978-85-357-0315-3

    1. Literatura infantojuvenil I. Luiz, Evandro.
II. Título. III. Série.

02-6012   CDD-028.5

Índices para catálogo sistemático:
1. Literatura infantil 028.5
2. Literatura infantojuvenil 028.5

Copyright © Marcia Kupstas, 1988.
SARAIVA S.A. Livreiros Editores
Av. Henrique Schaumann, 270 – Pinheiros
05413-010 – São Paulo – SP
Todos os direitos reservados.

SAC | 0800-0117875
De 2ª a 6ª, das 8h30 às 19h30
www.editorasaraiva.com.br/contato

23ª edição/6ª tiragem
2014

812541.023.006

Sumário

Elas 5

Maresia 6

Dia dos namorados 10

Recreio 13

Aula extra 16

Maria Clara 20

Olhos verdes 23

Um carnaval dos diabos 27

Fora de temporada 31

Um presente para Ana 35

Eles 39
Primeiro encontro 40
O chiclete 47
Tem de ser em maio 51
Caretão 55
O brinde 59
Jogo no fim da tarde 66
A autora 70
Entrevista 71

Elas

Maresia

Não havia espelho na barraca. Nenhum, nem desses pequenos, de bolsa. E eu sentia que minhas pernas cresciam, exibidas no *short* de bolinha. A Bete saiu, ainda me perguntou: "Você não vem?" Inventei que ia pentear o cabelo, qualquer bobagem. O que queria mesmo era chorar. A camiseta era larga – tudo bem. O tênis escondia aquele pé redondo, horroroso. E as pernas? O que a gente faz com pernas, se está de *short*?

Sempre me falaram que quando a gente não é bonita tem de ser inteligente. É bem mais fácil ser bonita, é verdade: era só olhar a Marinha, ou a Renata – elas podiam ter acabado a aula de Educação Física, elas chegavam debaixo de chuva na escola, tomavam sorvete escorrendo pelo queixo – e continuavam bonitas. Eu? Ah! Três horas de cabeleireiro, quilômetros atrás de butique, e a roupa caía mal, o cabelo continuava espetado.

E gorda. Isso sim era o pior de tudo no mundo. Eu enchia a bochecha pra falar: goooorda. A própria palavra *gorda*, redonda, imensa, me encarando e acusando dentro do espelho. Era isso, dona Gabi: 15 anos, 1,62 m, e o peso... nem dava pra falar.

E se a gente é feia, tem de usar outro truque. Pelo menos, o que sempre me falaram: ser inteligente. Duplamente inteligente. Primeira aluna da classe. Interesse por leitura, jornal. Fazer os trabalhos mais criativos, participar do grêmio do colégio. O que também acabava trazendo as coisas chatas: recitar poema no 7 de Setembro; representar os alunos em festa da Diretoria; ser exibida pela mãe como um bicho raro e no meio da festa atacar de poesia nos convidados.

Não, eu não queria ser assim. Talvez apenas quisesse ser bonita. Isso, eu achava impossível. Ou quisesse ser feliz. E pra dizer a verdade, com 15 anos, sem namorado, muitas aulas, uma mãe que insistia em me tratar como criança, minha maior felicidade seria um *sundae* cheio de frutas e caramelo.

Até o dia do piquenique. Foi o Chen que me procurou, dizendo que a turma tinha resolvido ir à praia no domingo. O piquenique. A praia. Meus amigos. E as pernas de fora, no *short*.

Dentro da barraca, o calor era maior. Uma sauna. Senti que logo, logo ia estar com aquela mancha de suor debaixo do braço. Dona Gabi. Deixa de onda! São seus amigos, todo mundo sabe que você é gorda. E nem ligam. Gostam de você mesmo sendo gorda, e daí? Ataquei um canto da unha do mindinho e puxei com os dentes. Ainda essa, voltar a roer unha? Já não havia largado o vício? Todo mundo te conhece. Todo mundo. Mas *ele* não.

Foi uma guerra convencer a mãe e as mães dos amigos. Afinal, éramos oito gatos e gatinhas solitários, dia inteiro numa praia deserta. Claro que não íamos dormir fora, qualquer sugestão nesse sentido mataria alguns familiares do coração. Mas só o fato de que estaríamos so-zi-nhos... nosso grupo. Éramos amigos, o pessoal que fazia uma revista literária na escola, os mais inteligentes, os mais legais...

Mas *ele* também foi. Era o que dirigia um dos carros, aliás. Primo da Judite, tinha feito 18 anos, estava no cursinho. Lindo. Não me lembro de ter visto alguém tão bonito – com corpo atlético, loiro, até os pelinhos das pernas eram loiros. Ele dirigiu até Caraguá de *short*, e naquele sufoco de quem senta aqui e ali, eu sobrei bem do seu lado, no banco da frente.

E agora, ali. Todo mundo rindo e brincando do lado de fora. A barraca parecia banho turco – não vou sair. Não vou. Nem que a Judite, o Chen, a Rogéria, o Carlos venham pedir. Nem que...

– Você não vem mais, Gabi? Eu queria tirar fotografia.

Era *ele*. Sorriso e olhos brilhantes. Avermelhei inteira, acho que as minhas coxas também ficaram "ruborizadas", como aparece nos textos de literatura. Se é que isso é possível! Mas ficaram. E ele me colocou a mão no ombro, quando saímos da barraca, e eu fui andando feito um fantasma, como se meu corpo tivesse ficado em alguma outra parte do universo, até o grupo de amigos, fazendo pose pra foto.

Apesar do sol, a água ainda estava muito gelada. Só o Júlio – mas o Júlio é exibido! – se atreveu a tirar a camisa e correr até o mar, voltando arrepiado. Eu me ofereci pra fazer os sanduíches. E *ele* veio ajudar. Senti que os olhos dele vinham mais para mim do que para a maionese, mas que coisa! Ele não via que todas as garotas lá eram bonitas, eram magras, por que ele precisava me vigiar assim?

Estendi o pão com maionese para ele, seus dedos encostaram nos meus e lá se foi o pão melecado misturando-se na areia.

– Pão com areia não dá! Deixa que eu jogo fora.

Ele devia estar percebendo tudo. Eu suava, meu cabelo grudando na testa. Finalmente, apareceu a Rogéria pra me ajudar e o Chen pegou o violão.

Eram umas quatro da tarde, barriga cheia e muito papo depois, quando o Júlio sugeriu um passeio. A maioria preferia a preguiça de olhar o céu e aquele mar exibido no seu azul. Carlos disse que ia junto. *Ele* também se levantou. Olhou para mim:

– Você não vem?

Fomos. E era engraçado, nossos passos indo devagar, num ritmo parecido, nossos cabelos mexidos pelo vento. Júlio e Carlos, parecendo dois moleques, se jogando areia e ameaçando dar tapa um no outro. Nós não: éramos – o que era muito, muito estranho – um casal. E meu coração foi-se acalmando, nossas mãos tão perto uma da outra. O pessoal bem longe, apenas nossa barraca, explodindo no seu vermelho, a praia sendo só da gente.

Júlio lembrou que seu time estava jogando. Carlos lembrou que o rádio do carro estava joia. Voltaram correndo e se estapeando até a barraca. Agora sim. Apenas eu e ele.

Suspirei fundo. Se não se é bonita, que se seja inteligente. Ia começar a falar: procurei na memória o assunto mais, mais interessante, a frase mais, mais inteligente — sobre o quê? Música, arte, política? A eleição pra prefeito? CDs de *rock* nacional?

O beijo. Fiquei de olho arregalado, assim sentindo o cheiro de sua pele, os braços dele em volta de mim. E depois do susto, meu coração começou foi a bater mansinho, num ritmo parecido com o dele, e veio outro e outro beijo.

— Por que eu? — algo assim, eu comecei a dizer, quando fomos voltando de mãos dadas, para a barraca.

— Tanta menina bonita, vai dizer que eu...

O sorriso dele vinha muito divertido. As sombras da gente, compridas, com as mãos dadas. O sol, que era uma moeda pegando fogo, já se encostando na água.

— Vamos dizer que eu adoro menina de perna grossa. Assim você fica contente?

E demos outro e mais outro beijo, antes de encontrarmos o pessoal e antes que aquela tarde maravilhosa terminasse.

Dia dos namorados

— E eu ainda comprei um presente! Um presente para ele!
— Daniela, falou comigo?
Não, Daniela não estava falando com a mãe, ou com alguém. Falava consigo mesma, tão irritada, tão nervosa. Por dois dias, não conseguira tirar o assunto da cabeça. E em todas as vezes, ou se xingava, ou... terminava chorando, lágrimas que ela arrancava com raiva dos olhos, nada de choro. Nada! Melhor ficar com raiva, de si mesma ou do namorado, daquele safado do Wagner.

Se Daniela pensasse mais, em vez de explodir nas emoções, talvez descobrisse que nada era tão terrível ou tão definitivo.

Apenas uma discussão, dois dias antes. Motivos? Excesso de confiança em si mesma, e muito pouca confiança no namorado. É que Daniela já havia comprado o presente do Dia dos Namorados. Já havia planejado um passeio romântico, um extraordinário fim de semana. E Wagner ia... viajar!

— Mas isso não vai ficar assim. Não vai, não vai. Eu vou...
— Daniela! Falando sozinha? O que aconteceu, menina?

— Nada, mãe. Nada...

Melhor, tudo. Daniela tivera uma ideia, e suas ideias precisavam tomar impulso, virar ação. Pegou depressa o presente, no seu quarto. Papel caprichado, fita vermelha em volta da pequena caixa: uma caneta-relógio digital. Mal disse à mãe que ia sair. E saiu.

Wagner morava perto. Já devia ter voltado do serviço; ele ajudava o pai todas as manhãs, mas era hora do almoço. Comprar presente do Dia dos Namorados, e antecipado! Daniela nem ia ter namorado nesse dia... Novas lágrimas ameaçaram cair dos seus olhos. Com a mesma mão com que segurava o embrulho, limpou a água dos olhos. Chorar, não. Ficar com raiva, muita raiva!

O sobrado elegante onde ele morava. Bastava tocar a campainha. E nesse momento Daniela se descobriu com menos coragem do que supunha. E se fosse dona Lia a atender, a mãe dele? Ia dizer o quê? "Chame o canalha do seu filho"? Ou o pai... mal conhecia seu Jorge, coisa chata. Os segundos corriam, o presente ficando pesado nos seus dedos. Uma questão de honra. Entregava o presente, falava que... o que ia falar? "Toma que é teu"? Ingrato, me abandona assim, mas eu — EU! — te comprei um presente e está aqui.

A janela do andar de cima se abriu, de repente. Não dava tempo nem de fugir, nem de se esconder.

— Daniela! O que você está fazendo aqui?

— Eu queria... queria falar com você.

E logo diante dela estava Wagner, lindo no *short* sem camisa, como se o frio não tivesse efeito sobre seu corpo bonito.

— Entra logo, parece que vai chover.

— Não, eu não quero entrar.

— Bom, então o que você quer?

Coragem?

— Tome. Eu trouxe para... você.

— Para mim? O que é isso?

— Eu já... já havia comprado. — Malditos olhos, que ameaçam fazer o contrário do que a gente pretende, assim coçando, no quase-choro. — É do dia. Do Dia dos Namorados.

Ele pegou o pacote, cara de quem nem está entendendo, virou-o entre os dedos, olhou fixamente para ela.

– Dani, mas o que está acontecendo? Ainda é segunda-feira. Dia dos Namorados é na quinta! Você pode me dizer...

Vergonha, choro, sensação de ridículo fizeram com que Daniela saísse correndo. Surpresa, decisão, amor fizeram com que Wagner saísse correndo atrás dela. Se alguém visse os dois, não ia entender nada: uma garota de seus 16 anos ia na frente, chorando. E um rapaz de *short*, naquele frio, ia atrás.

Alcançaram-se na esquina.

– Me larga! Você vai viajar, você não gosta de mim, você...

– Quer deixar de ser boba e ciumenta, Dani? Dani, olha pra mim!

– Não olho! Me solta, me solta!

Wagner teve de ser decidido. Segurou nos braços dela, firme. Depois ergueu o seu rosto, os dois quase abraçados (ou brigando?) no meio da rua. Olhos vermelhos e úmidos de Daniela, cinzentos e firmes de Wagner.

– Viajar fim de semana não significa abandonar ninguém, Dani. Preciso ir porque meus pais também vão. Só isso. Não tem nenhuma "outra" nessa história. É só uma visita a meus tios. Só isso – ele repetiu. Daniela relaxou um pouco o corpo, mas Wagner ainda precisava segurar seu rosto; de tanta vergonha, ela sozinha não teria coragem de encará-lo. – E quem falou que eu também não comprei um presente antecipado?

– Pra mim? – limpou as lágrimas. Wagner a soltou.

– Não... para o papa. No Dia dos Namorados, eu costumo comprar presente para o papa, sabia?

– Não goza de mim...

Os dois riram. A chuva, que estava ameaçando cair havia horas, começou. Fria, miudinha.

– Você vai ficar resfriado! Saiu assim, sem camisa...

– Pra ir atrás de você, eu saía até na neve, se caísse neve no Brasil. Pra ter dizer, sua tonta... que eu te amo.

Ninguém que visse os dois iria entender coisa alguma: frio e chuva, e um rapaz de *short* beijava, esquecido do mundo, uma moça de olhos vermelhos. Um pacote de presente – uma caixinha – caído no chão da calçada, no meio dos dois, papel se dissolvendo debaixo da chuva.

Mas não era mesmo o presente do Dia dos Namorados?

Recreio

— Tio, vê meu sanduíche!

Era a décima vez que eu gritava com o moço da lanchonete. Meu relógio girava os minutos numa rapidez, e o intervalo de meia hora ia sumir antes que o sanduíche ficasse pronto.

— Não empurra... — eu gemi para um menino suado e gordo, esmagando meu pé, tamanha a pressa de agarrar o misto-quente dele. Talvez aquilo fosse engraçado, se eu também não estivesse no meio: umas quinze pessoas, grudadas e gritando de um lado do balcão. Do outro, dois carinhas tentando fritar e chapar aquele monte de carne e salsicha. Salsicha era o que eu me sentia, assim encostada no balcão, aperto de todo lado.

— Que é que você vai pedir de bom, Laura? — gritou a Anita, já de olho no meu lanche. Fingi que não ouvi. Aquela lá, caso sério: ficava de bicona para cima de todo mundo. Ainda bem que encontrou o Garcia comendo batata frita, mandou o seu charme pra conseguir um pouco pra ela.

Meu tênis desamarrou. E aquele magrelo com espinhas na cara ainda sujou todo o cordão, pisando em cima.

— Quem pediu *cheese-salada* e *bacon*?

— Eu! — Mas também havia outro concorrente: lá se foi o meu sanduíche na mão de um pivetinho do ginásio. Devia haver uma lei, uma lei federal, mundial, que proibisse intervalo do ensino fundamental coincidir com o do ensino médio. Bando de monstrinhos mal-educados...

— Dá a ficha. — Minha vez. Nem acreditava. Fui carregando meu sanduba com o maior cuidado, derramando queijo, como eu gosto. Fui até... até onde?

Os bancos ocupados. O murinho, que separa o pátio dos corredores, lotado de gente. No chão eu não sento. Por fim, achei um canto do balcão, bem longe.

A primeira dentada fez escorrer maionese pelo pacote todo. Duas gotas caíram em cima do meu tênis novo. Só eu, mesmo. Ódio.

Estava na terceira mordida, quando o Jorge me aparece, na outra ponta do pátio. Quase engasguei. Lindo, o maior visual: camiseta com foto do James Dean, óculos escuros... e se ele me enxerga? Meu Deus, devo ter maionese até na sobrancelha. Justo hoje! Tem dia que eu passo batom, fico o maior tempo no banheiro me ajeitando e ele some. Passo o intervalo todo atrás dele e nada de achar o Jorge. E justo agora. Ainda por cima, vindo na minha direção.

Engoli o pedaço de sanduíche e larguei no balcão. Tentei limpar depressa a boca, mas com a mão, também engordurada, ficou pior.

Jorge deu um tapinha no ombro do Juca. Parou na mesa de uns amigos do terceiro colegial. Pegou bolacha do pacote da Lina. E foi chegando, indo direto conversar com um cara que dava as costas pra mim. Ainda por cima tirou os óculos.

— Oi, Laura.

Engoli o oi. Ele conversando com o amigo, de vez em quando quase sorrindo para mim... E se eu oferecer? Deixa de bobagem; afinal, todo mundo come sanduíche melecado. Não, dona Laura. Todo mundo, não. Com você é diferente: o sanduíche é que te devora.

Decidida, peguei o pacote do balcão. Lá ia passar fome por bobagem! Era criancice. Afinal, estou no primeiro ano, venho paquerando aquele gato do terceiro há um tempão, e é ridículo, totalmente ri-dí-cu-lo, ficar com vergonha.

Mordi e puxei o queijo com o dente. No mesmo instante, o papel se desfez e a maionese toda escorreu para o chão, para minha saia, até pelo joelho ficou uma listrona amarela e quente do recheio do sanduba. Jorge deu uma risadinha:

— Tá difícil, hem?

— É, eu...

E agora, sua tonta? E agora! Tanto tempo eu planejava um jeito de puxar assunto com ele. Na minha imaginação, nós começaríamos a falar de música, ou ele ia me elogiar o cabelo, ou eu — se tivesse essa bendita coragem! — ia perguntar se ele ia no aniversário do Beto.

— Esse sanduíche não é meu não, Jorge. É da Tatiana. Ela só pediu pra eu segurar. E aí, aí sumiu.

— Pô, se é assim, liberou. Dá aqui.

Passei o pacote melecado para ele. Que jeito? O amigo deu a maior mordida. O Jorge, outra. Veio chegando o Pedro.

— Quer? A tonta da Tatiana largou aí, sem mais.

— Oba!

Justo o Pedro, muquirana, convencido, guloso, exibido... Devolveram-me, depois de não sei quantas mordidas, uma banda de pão amassada.

— Diz pra Tatiana não bobear da outra vez.

— Escuta, você vai...

Terminei a frase para o vento: "na festa do Beto?". Que nada, lá se foi meu paquera, gatão lindo na camiseta James Dean, e eu sobrando com o saquinho melecado. Que é que eu podia fazer?

Deixar de ser tonta, a primeira coisa. Olhei o relógio. Quanto tempo até bater o sinal? Cacei uns trocados na bolsa, vamos lá.

— Tio, vê meu sanduíche, depressinha, tio, tá pra bater o sinal, tio...

Aula extra

Eu sabia que era isso mesmo que devia fazer. Certeza... Então, por que a leve sensação de ser idiota? Seria idiota eu me arrumar toda: o perfume importado que ganhei no Natal, a estreia do conjunto estampado; só não coloquei o batom. Pelo menos lá em casa, porque antes de tocar a campainha da casa dele eu rapidinho passei o batom.

Idiota. Idiota era o jeito com que mamãe me sorriu, quando pedi o cheque e ela me ofereceu uma carona. Meu "não" saindo tão depressa, a mancha debaixo do braço crescendo e o seu sorrisinho: "que tanto se enfeita! É só uma aula particular".

Era mesmo? *Só* uma aula particular?

Eu precisava de aulas particulares. Nota 4 no primeiro bimestre, 5 no segundo, 3,5 no terceiro. E a nota-surpresa que o Dimas nos reservara. Jamais ia tirar média, por que não acelerar as aulas, não procurar logo um professor particular? Sempre fui terrível em Matemática.

Mas no ano passado quem me deu aulas foi o seu Tadeu, nosso vizinho há 12 anos. O que mamãe não entendia era a mudança, era eu me arrumar toda, era ir lá longe e recusar carona, pegando ônibus e andando três quarteirões.

O que ela poderia entender sobre a maravilha que era ter aulas com o Gil?

Toquei a campainha, ainda acertei a franja com a mão, aquela maldita franja que vive me deixando a testa à mostra. Não cortei o cabelo com franja justo pra esconder a testa? Consegui puxar o cabelo direitinho, e lá veio ele mesmo, ele, abrir a porta e me dar um beijo no rosto, incrível, ele com um sorriso lindo e os olhos que pareciam gotas azuis, diretos no rosto da gente, como se enxergasse tão dentro da gente que nem sei como consegui falar "tudo bem" e seguir o Gil até uma saleta, no fundo do quintal da casa dele.

O Gil. O Gil foi a maior surpresa que a nossa classe poderia ter. Veio assim como um presente extra de fim de ano, ele e seu rosto bonito, seus vinte e poucos anos, seu jeito solto de dar aulas e de conversar com a gente.

Dimas é o mais velho professor de Matemática da escola. Sério, bravo, chato e casado. Ainda por cima, foi ficar doente no fim do bimestre. O diretor em pessoa foi à classe explicar que arrumara um substituto por três semanas, mas que o próprio Dimas iria fazer e corrigir as provas. Que o Gil – e o apresentava a todas nós – "seguiria rigorosamente a orientação do professor Dimas...".

Gil ia seguir rigorosamente... imagine! Logo que o diretor saiu, Gil se sentou na mesa e não na cadeira do professor. Não fez chamada. Quis saber o nome da gente. Perguntou o que uma e outra ia querer cursar na faculdade. A Rita ainda se atreveu a perguntar se ele era formado. Ele dizendo que não, estava no terceiro ano. Fiz logo os cálculos: no máximo, 22 anos. No máximo! E um gato.

— O seu problema maior é em trigonometria, não?

Fiz que sim com a cabeça. Era uma saleta apertada, apenas uma mesa tipo de escritório, uns *posters* de artistas de *rock* nas paredes, um poema de um autor que eu não conhecia. A janela nos deixava ver o quintal, tinha um cachorro correndo de um lado a outro. Sem que ele reparasse, eu ia olhando direto para o seu perfil bonito, os dedos finos. Ele investigava meu caderno de Matemática.

— Você não fez a lição de casa, Cris. Nem os exercícios extras, que eu pedi. Você sabe, o Dimas...

Que se dane o Dimas, eu lá ia perder tempo? Mas fiquei mesmo foi magoada com aquela bronca do Gil. Mesmo que fosse uma bronca vindo com um sorriso e com o cheiro gostoso da loção de barba. Não sei se esperava uma aula ou uma declaração de amor, mas fiquei vermelha-vermelha, e desviei os olhos, sentindo que inteira ia ficando suada e feia, mas o Gil percebeu. Percebeu, pegou na minha mão de leve e disse:

— Mas não vai esquentar, hem, Cris? Só falta essa, você se zangar comigo!

— Nunca! Eu sei que devia fazer.

— Então semana que vem você traz a lição. A gente resolve agora os dois primeiros, depois você continua.

Semana que vem. Até a prova do Dimas, duas semanas. E se eu pedisse, deixa ver, três aulas por semana? Minha mãe ia achar um exagero? Mas não teve um ano que peguei quinze aulas extras e ela não reclamou? Dessa vez, eram aulas com o Gil. Ele explicava bem. Ele contava histórias do seu tempo de colégio. Ele falava de música e cinema. E era lindo.

Fiz corretamente um dos exercícios, no outro esqueci metade da fórmula. Finquei os olhos no seu relógio de pulso. Tinha só dez minutos. E se eu mudasse de assunto? Afinal, ele se despediu da gente recomendando um filme joia de ficção. E se eu falasse que já tinha visto? Ou se eu perguntasse (mas que coragem para isso!) se ele costumava ir a alguma danceteria, alguma lanchonete? Ou se eu conseguisse (isso sim, loucura total!) falar que eu estava a fim de assistir a uma estreia, se ele não queria ir...

Ele já estava me passando a lição de casa quando apareceu um garoto de seus quatro anos, loirinho e sardento. Parou bem na porta e me fincou dois incríveis olhos azuis.

— Oi, pixote. Já voltaram?

O menino veio se chegando e subiu no colo do Gil, que lhe estralou um beijo na bochecha. Ia perguntar se era irmão dele, o menino pegou na régua como uma espada:

— Que que é isso, pai?

Não precisava responder. Mas ele era tão novinho, ele. Aí, sim, vi que devia estar inteiramente vermelha. Não me preocupei mais em esconder a mancha de suor. A franja também devia estar suada, mas não me importei.

Apareceu uma moça loira e alta, na porta:

— Oi. Vocês querem um refrigerante?

Aceitei com o coração desse tamanhinho. Gil, tão novo? Cacei duas ruguinhas debaixo dos olhos dele. Três ou quatro fios de cabelo branco parece que se destacaram de repente no seu cabelo. Fui acrescentando anos a mais no meu ex-gato. Não usava aliança. E daí?

Os três quarteirões de volta e o ônibus lotado completaram a minha irritação. Cheguei em casa achando que a roupa estava toda amarrotada e o batom dava alergia. Mamãe não estava. Droga.

Bem, pelo menos não ia ter de me preocupar com roupa nova para a aula de sexta-feira. Nem gastar meu perfume. E quanta novidade pra contar pra Carminha! Quem ia imaginar, o Gil... ah. Não podia esquecer de avisar à mamãe. Dessa vez, a carona tinha mesmo de sair, o que ela pensava que eu era? Lááá longe, e sozinha?

Antes de tomar banho, ainda liguei pra contar as novidades a todo mundo da classe.

Maria Clara

Era uma vez, era uma vez... as historinhas bobas vivem começando com "era uma vez" e era coisíssima alguma: *é uma vez*. É uma vez uma garota que vai completar 12 anos dia 14 de junho, que tem um cachorro dóberman chamado Fritz, uma empregada que não faz sanduíche de janta, um quarto ainda com cara de quarto de bebê e que ainda — AINDA — não é mocinha.

Eu queria ter uma história bem interessante pra contar. Como se eu tivesse sido raptada por ciganos e meus pais fossem ricos, ricos, e eu fosse também tão bonita que um dos ciganos se apaixonasse por mim e eu depois descobria que era rica e era nobre e casava com ele mesmo assim, porque o que vale é ser bom de coração e a gente se dava um beijo de amor. Mas não existem ciganos no Brasil (se existe, eu nunca vi). Pra dar um beijo eu teria de tirar o aparelho dos dentes e mostrar muito mais idade do que 12 anos. (Desgraça: minha mãe até chorou de rir quando eu falei que se até o fim do ano eu não usasse sutiã eu colocava nem que fosse um paninho.)

É uma vez. É uma vez que eu fico achando os cantores de que as meninas gostam um bando de exibidos bobos, mas elas adoooooooooram os caras e chamam eles de gatos. Não gosto de gatos. Eles soltam pelos e pulam de repente no colo da gente. Gosto do Fritz porque ele esquenta meus pés, como agora, sentado comigo aqui no quintal, um frio danado e nós dois aproveitando o canto — não bate vento — pra nos esquentarmos e pensar bobagem.

Você pensa bobagem, Fritz? Você me parece feliz. Todo bicho me parece feliz. Você não viu, Fritz, você estava dormindo, mas aquele pardal parou logo ali, olhou pra nós e voou. Quintal de casa em São Paulo só aparece pardal. Único passarinho que aguenta poluição? Ou é todo feinho, se fosse bonito a gente já tinha enfiado em gaiola? Ou se fosse maior a gente já comia, que nem frango?

É uma vez. É uma vez que eu devia estar fazendo lição e não estou. Devia ligar pra Ana, a Ana não é a minha melhor amiga? Que nada. Ela já é mocinha. Veio anteontem, pra ela. E foi vir, que ficou fresca. Faltou na escola, não é um absurdo isso, ela faltou na escola e ontem cochichou pra mim no intervalo que "desceu". Com isso, apenas eu, a Graziela e a Rita sobramos como crianças. E isso é uma injustiça: Graziela e Rita são duas tontas, mas EU sei tuuuuuudo sobre menstruação e ficar mocinha.

O pardal voltou e Fritz desta vez acordou. Late feito um doido, e o passarinho? Sumiu! Dia frio e com sol. Como é que era, a rima? "Chuva e sol, casamento de espanhol. Sol e chuva, casamento de viúva." Frio e vento... casamento de quê, de sargento? Bolorento? Espinhento?

Espinhas já apareceram, descer que é importante, não. É uma vez. É uma vez a Doralice, com a caixa de roupa suja, vindo me arrancar daqui e lavar roupa. Foi buscar outras coisas, daqui não saio. Está quentinho. Está bom.

Talvez se eu fizesse igual a Bia ou a Alice, ninguém ficava me incomodando. Elas usam maquiagem, elas mandam bilhetes aos rapazes, elas paqueram nos fins de semana no *shopping*. Elas falam de menstruação como se fossem graaaaaandes mulheres! Se eu fizesse isso, não iam me chamar de adulta?

Será que não sou muito das preocupadas? Me disseram de hormônios, a professora não contou: "até os 18 anos é normal"? Normal porque não é com ela, as amigas dela ficando de segredo, as amigas vindo de sutiã pra classe, com pacotinho de absorvente pra trocar no recreio. Normal coisíssima nenhuma!

Fritz voltou a dormir nos meus pés. Azar o meu, Fritz. Doralice também voltou com seu sabão em pó, a máquina de lavar barulhenta, e veio o passarinho e o frio, enxotando a gente daqui.

É uma vez. É uma vez eu, Maria Clara, 12 anos mês que vem, e muito preocupada com as minhas histórias. Que são bem mais importantes do que as de antigamente.

Olhos verdes

— "Todas as coisas verdes são lindas. O mar. A verdidão misteriosa do mar. De todas as florestas, o verde. No escuro de altas copas, grama fresca matutina. A esperança verde, que derrete — sorvete do coração. O verde incrível dos teus olhos, verde amor meu. A esperança mora neles?" Pronto. O que é que você acha?

Cida terminou a leitura, sentou-se numa almofada. A cara da amiga continuou inexpressiva, dedos brincando com a caneta, as duas largadas no tapete da sala, tantas folhas em volta, o CD da moda tocando sem parar.

— Deixa eu mesma ler. — Irene puxou o papel, releu vagarosamente o poema. — Aqui, Cida... coisas verdes? Como assim, *coisas*? Não sei se numa poesia fica legal. Coisa é pra coisa, poxa. E o Sílvio não é coisa.

— Deixa de bobagem, Irene. Ficou legal.

— É, legal ficou. Mas... — grifou outra palavra. — E aqui: verdidão. O que é verdidão?

— É uma invenção. Todo poeta que se preza inventa palavra. É moderno. É neologismo. Você não entende disso.

— Mas entendo o que eu quero com o Sílvio. E o final, Cida. "A esperança mora neles?" ficou fraco.

— Droga, Irene! O que você queria? Um poema ou convite de namoro? Por que não escreveu você, então? Botava logo "tô doida por você, Silvinho do meu coração" e pronto!

Cida se levantou do tapete, abriu a janela e ficou lá, na amurada. Que a Irene era incompetente para escrever até o nome, já sabia. Mas se veio pedir ajuda, que direito tinha de ficar bisbilhotando? De rabo de olho viu a outra reler o poema. Depois, Irene também se levantou, as duas na janela.

— Você acha mesmo que o Sílvio vai gostar?

— Cer-te-za.

— Como é que você sabe?

— Já vi um Manuel Bandeira debaixo do braço dele. Manda que vai fazer sucesso.

Sílvio era ex-aluno do colégio, agora voltava como organizador de um grupo de teatro. Moreno de olhos verdes, 20 anos. Maravilhosamente legal, paixão de todas as garotas.

E paixão completamente assumida de Irene. Quando Sílvio falou que procurava textos para o grupo encenar no final do ano, seu coração pareceu explodir: sua chance. De falar com ele, de chamar sua atenção. Um só problema: o que e como escrever. Por isso a ajuda de Cida.

— Agora é só passar a limpo.

— Vou caprichar. E se eu desenhasse umas florzinhas?...

— Irene, vai por mim. Imprime no computador. Pelo menos assim, tenho certeza de que você não coloca misteriosa com z.

— Não sou assim tão analfabeta, poxa!

Não, não era assim tão analfabeta. Do mesmo modo que Cida não era assim tão sonsa, como todo mundo pensava. Baixinha, sim. Míope, também. Cabelo arrepiado, crespo. Mas depois que comprou lentes de contato. Depois que cortou o cabelo, bem curtinho... pela primeira vez em sua vida, ela descobria que era bonita. Engraçadinha. E se surpreendeu dentro dos olhos verdes de Sílvio. Escrevendo sobre eles. Descobrindo que devia haver muito fogo naquela água. No seu sorriso e gestos largos, braços compridos como se quisesse abraçar o mundo. Como se pudesse abraçar a ela, Cida.

Mas Irene chegou antes, com seu pedido esquisito e a certeza da vitória. Irene, tão alta e bonita. Por qualquer dos motivos que não têm lógica, parecia uma obrigação o fato de Cida ser o cupido, ser o jeito da amiga conquistar o coração de Sílvio.

Chegou a data final da entrega dos trabalhos. Dias compridos se passaram. Dúvidas e longa ansiedade por parte de Irene. E de Cida, também. Por seus motivos, diferentes e iguais motivos.

Até o dia do telefonema:

— É hoje, Cida! — a outra mal conseguia respirar. — O Si-Sílvio. Ele me ligou agora. Fa-falou que adorou o poema e quer falar comigo. Cida, você está me ouvindo?

Claro que estava. Ouvir essas coisas pode deixar a gente muda, cega. Mas surda, não: cada palavra vinha agora tão pesada, como se fizesse um eco dolorido na cabeça, nos olhos: palavras de fazer chorar.

— Que bom, Irene. E você vai...

— Amanhã. Na casa dele, Cida. Na CASA! — Falou o endereço. — Não acredito... olha, obrigada. Amanhã eu te conto o que aconteceu.

Palavras girando em sua cabeça: "Na casa dele, do Sílvio". Ele, os olhos dele — do Sílvio. E, depois que Irene desligou o telefone, Cida viu que não conseguiria estudar. Que não ia conseguir prestar atenção na TV, nem ler um livro, nem ouvir os CDs novos. Havia uma noite comprida e um dia mais comprido ainda, porque no dia seguinte Irene ia à casa do Sílvio, e é claro que ele estava apaixonado e é claro que eles iam se amar, ficar juntos — para sempre? Não é assim que ficam os apaixonados?

E foi assim mesmo que Cida começou um outro poema: "É missão dos apaixonados ficarem juntos para sempre. E a paixão solitária? Como é amar sem eco e sem retorno?".

Durante a aula, Cida só conseguia escrever versos. Só conseguia reparar nos olhos brilhantes de Irene, só conseguia se irritar com a voz aguda de Irene. E, quando voltou para casa, Cida já havia feito dois poemas. Sempre com olhos verdes e braços grandes. Sempre sobre solidão. Não percebeu que o tempo corria, os irmãos foram para a aula, a mãe foi fazer compras e voltou. Só percebeu a chegada de Irene quando ela já havia entrado no quarto.

A cara da outra não era das melhores.

— Uma droga, Cida! Uma droga de poema! — Irene agarrou a almofada como se a estrangulasse.

— Mas ele não disse que gostou do poema?

— Gostou... gostou até demais! Aí está o problema. Ele mora sozinho, acredita? Sozinho... a gente sentou no sofá, ele me ofereceu um suco. Eu, achando que era o maior *love*... Aí ele começou a falar. Falou meia hora só de teatro! De um tal de Breche...

— Brecht...

— É. Depois, pegou o poema. Me olhou bem nos olhos, eu fiquei tremendo... e em vez do tonto dizer que estava apaixonado, ele só falou do texto! Era foco narrativo pra cá, eu poético pra lá... ele pensou que era mentira, Cida! O tonto não viu que eu estava interessada por ele!

— E o que você fez?

— Ele queria que eu recitasse o poema! Já imaginou? Se o tonto não percebeu, a escola inteira ia gozar da minha cara! Então... eu contei tudo. Menti que você teve vergonha de mostrar, e, já que você gosta mesmo de escrever, ele acredita que é mentira, né? Mas não vai falar que eu gosto dele, hem? Não vai... Cida, onde é que você vai, Cida?

E Cida não se preocupou em se despedir da amiga, que falava tanto e percebia tão pouco. Não se preocupou em dizer para a mãe aonde ia naquele final de tarde. Apenas pegou os novos poemas. Pegou a bolsa, arrepiou o cabelo curto. E saiu.

Tinha muito que conversar, com um rapaz de olhos verdes. Incríveis olhos verdes — a esperança mora neles?

Um carnaval dos diabos

"Vou beijar-te agora, não me leve a mal, hoje é carnaval..."

E daí? E daí que era carnaval? Era muito fácil penetrar por dentro da cara fechada de Beatriz. E seria em algo assim que ela estaria pensando. As velhas marchinhas se sucediam, a orquestra fuleira só servia mesmo para animar bailinho em cidade do interior. Ou do litoral, como aquela. E Beatriz não saberia responder se preferia músicas atuais (se é que as conhecia) ou se fazia cara mais enfezada ainda porque precisava encontrar defeitos – todos, milhares deles, se pudesse – na festa.

Tomou mais um gole de coca-cola, com cuidado para que o batom não borrasse. Cruzou os braços, deixou a garrafa sobre a mesa, colocou o

peso do corpo num pé e noutro. Tentou reparar na decoração do salão, tentou também cantarolar a velhíssima música que a orquestra tocava agora, música mais velha que a sua mãe. Mas não adiantava. Seus olhos viravam e mexiam, e lá estava ela, olhando reto o sorriso animado da prima, naquela imbecil fantasia de diabo.

Capeta ela sempre foi. Capeta, diaba. Mas nunca se imaginaria que tão falsa assim... e Beatriz deslizava o olhar para o companheiro da prima, às vezes abraçado a ela, às vezes atrás dela, no trenzinho, às vezes correndo sozinho pelo salão, mas voltando sempre, sempre... Oswaldo. Loiro, cabelo crespo, camiseta sem manga e rindo e cochichando para Célia, a diaba da Célia.

A diaba da Célia, que sabia muito bem que Beatriz vinha faz tempo paquerando Oswaldo.

Beatriz ajeitou o laço de cetim, que escorria do ombro. Outra idiotice: uma fantasia besta, algo entre fada e roupa de grega. Fora o que a mãe conseguira desencavar naquele improviso de praia. Para os menores, a improvisação bem maior. Betinho não apareceu de zorro com máscara de cartolina? E a Gina, não aceitou apenas o batom e o *blush* para inventar cara de palhaço, na matinê de carnaval? Mas Célia? Ah, ela, não. Foi com a mãe até a cidade, gastaram a tarde procurando uma fantasia. Bem a calhar: pra uma traidora como ela, só mesmo fantasia de diabo.

Um rapaz sorridente tentou segurar na cintura de Beatriz e puxá-la para o salão. Beatriz mexeu os braços, quase empurrou o cara. Não queria se divertir. Não *podia*. Precisava ficar mal, mostrar – mesmo que a prima fosse tão canalha que nem devia se importar – que ela sofria. Que ela estava triste, magoada. E se a safada viesse com fofoca, dia seguinte... se aquela víbora viesse de cochicho e de coisas como "ah, o Oswaldo é uma gracinha", Beatriz não se responsabilizava pelo que poderia fazer. Ainda ia arrebentar o nariz da prima. Isso se não fizesse a danada comer os próprios chifres – dois chifrinhos dourados de papelão com purpurina.

Tinha tomado mais duas coca-colas quando a orquestra fez sinal de descanso. Célia e Oswaldo se aproximaram, suados e sorridentes. A prima caiu sobre a primeira cadeira. Oswaldo, tão suado que o cabelo grudava na testa, se jogou sobre Beatriz.

O beijo que lhe deu na bochecha veio úmido do suor. E conseguiu deixar Beatriz tão vermelha como o laçarote do seu vestido.

— Que legal que está isso aqui, não? Por que você não tá dançando?

— Sei lá... não conheço ninguém...

— Como não conhece? E eu? — disse isso e apertou a mão dela. Beatriz sentiu que ainda ia chorar, alguma coisa dentro de sua cabeça balançava entre abrir esperanças no peito ou xingar Oswaldo de cínico e paquerador. Mas virou o rosto. Deu com os olhos em Celinha, que nem sequer olhava para eles, num papo ouriçado com um amigo de Oswaldo, um moreno alto, de jeito de jogador de basquete.

— Quer beber alguma coisa?

— Eu já tomei... — mudou depressa de ideia — mas vou junto com você.

Os dois se misturaram à imensa quantidade de gente que batalhava uma ficha. Depois, se apertaram no balcão onde o garçom passava uma cerveja e outra — outra! — famigerada coca-cola.

— Vocês ficam até o fim do mês?

— Hum-hum.

— Legal. Eu também. Acho que a gente ainda vai se enturmar... tua prima eu já conheço do ano passado. Você, não.

— É a primeira vez que a gente aluga casa junto. Antes, meus pais iam pra Recife.

— Orra! Alta grana... — e ele riu do seu jeito bonito e direto, aquele jeito de falar o que pensava e ser honesto consigo mesmo. Aquele jeito que fazia o rosto de Beatriz ficar vermelho e a sua voz ir afinando, de tanto medo de parecer burra ou parecer metida, e ela acabava apenas rindo ou passando a língua pelo lábio, como fazia naquele exato momento.

— Sabe que acho um barato você fazer isso?

— Isso o quê? — ela ficou surpresa. Oswaldo tomou mais um gole.

— Isso, de passar a língua na boca. Você fica com a boca tão, mas tão vermelha que parece batom.

— Eu passei batom.

– Mas já sumiu. E desse jeito, fica engraçado. Não precisa ficar vermelha, não. Não tô gozando. Fica até mais engraçadinha... aliás, você é engraçadinha.

Engraçadinha não é linda, maravilhosa, meu amor. Mas podia ser um bom começo.

Quando voltaram, a orquestra já havia voltado a atacar. Tiveram de escorregar por entre as mesas, fugindo da multidão que dançava. Oswaldo estendeu a mão: não queria se perder dela. E Beatriz, apertando os seus dedos, sentia que aquele toque lhe passava muito mais que calor ou segurança. E de novo, dentro do seu peito, alguma coisa entre esperança e raiva se misturou. Raiva daquela prima endiabrada, que devia estar esperando por Oswaldo para de novo arrancá-lo dela, de novo arrastá-lo para o trenzinho, de novo jogar seu charme de capeta em cima dele...

A mesa, vazia. Nem sinal de Célia. Mas Oswaldo não se mostrou muito preocupado com isso. Pura e simplesmente passou os braços em volta da cintura de Beatriz e puxou-a para o salão.

De novo, a orquestra tocava *Máscara negra*. Beatriz ia enxergando a iluminação, os enfeites do salão, girando e dançando junto com ela. Os rostos suados e felizes, quase tocando o seu. O sorriso lindo de Oswaldo, as poucas palavras que ele lhe dizia, a respiração dele, perto de sua orelha. O braço dele, em sua volta. Dançavam. Riam.

Numa das voltas do trenzinho, rosto a rosto com Célia. Ela fez um positivo com o dedo, deu uma piscada de olho que talvez apenas Beatriz tenha entendido e logo se foi, se afastou com o moreno amigo de Oswaldo, aquele que parecia jogador de basquete. E Beatriz sentiu, dentro dos olhos de Oswaldo e dentro de sua cabeça, que o que a orquestra tocava era muito mais que *Máscara negra*. Era a certeza de que estava feliz.

Fora de temporada

— Rita, o Daniel está aí.
— De novo? Esse cara não tem mais o que fazer na vida?

Eu e minha irmã caímos na risada. Parecia mesmo que o colega de classe de Rita não tinha mais o que fazer, senão visitinhas inesperadas lá em casa. Não que fosse um chato, ou ignorante. Mas é que Rita tinha um namorado. Um namorado que estudava em outra cidade, mas sempre se viam e se gostavam. A insistência de Daniel, exatamente por isso, não parecia uma amizade inocente. Mas, naquela época, não me preocupava muito com isso. Na verdade, eu me divertia com o jeito de Rita evitar uma aproximação maior com o colega.

Descemos as escadas, tranquilamente, as duas sem a menor preocupação em melhorar o visual: Rita com vestido simples; eu, com meu eterno *short* e camiseta, roupa de ficar em casa.

Os dois começaram a falar de música e livros, eu me distraí. Fui à janela, dia quente como todos os dias de verão na nossa cidade. Pensando em besteira... pensando em Ricardo. Aquele tonto do Ricardo, nunca percebendo como eu gostava dele. Até comecei a entender de futebol, só para ficar na torcida. Torcendo por suas pernas bronzeadas. Seu corpo musculoso... mas como eu, tantas garotas! Como é ruim a gente ter 16 anos e estar apaixonada. Mais ainda, por alguém que não lhe dá a mínima.

Estava voando nessas ideias quando Rita me chamou:

— Marília, Daniel está convidando a gente pra conhecer a lanchonete nova. Você vem?

Um convite vindo muito malandro: Rita queria mesmo era alguém que "segurasse vela", evitasse conversa mais íntima. Pisquei o olho disfarçado para ela e concordei.

Daniel podia ser meio tímido, mas era pontual. Às oito tocava a campainha de casa, gentilmente abrindo a porta do carro para nós. Era o fim! Como alguém poderia ser tão antiquado?

A lanchonete nova estava movimentada. Cidade pequena, poucos lugares para frequentar. Apesar de a nossa Faculdade de Medicina atrair muitos estudantes de fora, caso típico de Daniel.

Pedi um refresco, os dois ficaram na cerveja.

— Sabe que com esse vestido você parece mais velha?

— Isso é elogio ou ofensa?

Daniel riu. Não, não era ofensa. Ele me achava mais adulta do que a idade mostrava. E ficou levemente vermelho — tão engraçado, ver um homem ficar corado! Se ele mudasse os óculos, pesados e grossos, e cortasse o bigode, até que ficaria simpático. É, simpático; foi o que pensei.

Rita encontrou velhas amigas de colégio, anos que não se viam. Pediu licença e foi conversar com elas. Ficamos apenas nós dois, na mesa. Ele quis saber o que eu gostava de fazer.

Fui sincera e brincalhona:

— Comer e dormir.

— Não brinca! Mas isso é o biológico! Assim não vale.

— Como, não vale? Não é o mais gostoso?

— Só fica gostoso se juntar o terceiro item do instinto humano.

Dessa vez, quem ficou vermelha fui eu. Sabia *muito bem* do que ele estava falando.

— Olha, não pense que eu estou sugerindo que você... — ele percebeu a gafe, acabou tão encabulado quanto eu.

Tentei desviar do assunto, pedindo um sanduíche, procurando o garçom com os olhos.

— Escute, Marília, o que eu queria dizer para você é... — Daniel me segurou na mão enquanto falava e eu fiquei encabulada... Numa daquelas coincidências, dois acontecimentos instantâneos: Daniel me segurar a mão e Ricardo entrar, dourado e lindo, parando exatamente do nosso lado.

— Olá, Marília... — olhou direto para Daniel, como quem pergunta "quem é esse cara?" só pelos olhos.

— Ricardo! — Soltei correndo a mão de Daniel, completamente perdida. — Esse é o Daniel, ele...

Mas a múmia da Verinha já havia se jogado em cima dele; Ricardo nem ouviu o que eu ia dizer.

Amigo da Rita; claro, da Rita. Eu lá ia namorar um cara tão velho — velho! Dez anos a mais do que eu... e sei que foi uma noite horrível. Ficava olhando disfarçado para a mesa onde Ricardo conversava com meia dúzia de garotas, e para a outra mesa, onde Rita parecia ter-se esquecido do mundo, velhas lembranças com as amigas.

Claro que Daniel tentou ser gentil. Claro que procurou assunto, todos os assuntos. Mas eu o odiava naquele instante. Queria mesmo era ir embora, fugir dali. Quando minha irmã finalmente voltou, não havia clima para ficar à vontade.

Ainda lembro de ter falado a sério com Rita. Tivemos quase uma briga, briga estúpida, porque minha irritação não era com ela: era com Daniel, era com o acaso, que me impediu de paquerar Ricardo.

E foi em meio a raiva e surpresa que atendi à porta no dia seguinte: dei de cara com... Daniel.

— A Rita não está.

— Não é com ela que eu vim falar, Marília. É com você.

Tom de voz sério, parece que mais alto, costas retas. Entrou, sentou no sofá. Fiquei ali perto, numa almofada.

— Antes de mais nada, Marília... não foi de propósito que eu te atrapalhei com aquele rapaz.

Não mudou o tom sério da voz, nem tirava os olhos do meu rosto.

— Eu sei que uma garota como você deve achar um cara como aquele ali um... tipo. Bonitão, atraente, mas... — ele tirou os óculos, e sem os óculos parecia um outro Daniel. Eu segurei os joelhos, de repente me envergonhando de estar de *short*. Até aquele instante, Daniel era um amigo da minha irmã. Alguém mais velho, que não tem importância. E naquele instante, eu vi que havia um homem, um homem estranho – não, diferente – diante de mim. Alguém que me olhava como a uma mulher.

E que falava comigo como se fala a uma mulher.

– Você não é uma boba, uma garotinha fútil. Eu sei que não, eu conheço as pessoas, Marília. Você até pode querer... sei lá, competir com suas amigas. Mas você é muito mais do que essas meninas. Você é espontânea, bonita. Eu gosto de você, Marília. E gostaria muito que você pensasse em mim como... alguém de quem se possa gostar.

Silêncio. Um silêncio tão forte, que o barulho das cigarras no jardim parecia uma orquestra. Eu me sentia vermelha, febril. Nunca havia pensado nisso, que ele... Mas também não estava vendo nada de ridículo ou de absurdo na situação toda. Meu coração disparava, e eu não conseguia dizer por quê. Nem para mim mesma.

Daniel passou de leve sua mão sobre meu rosto. Seus dedos eram finos, um perfume de lavanda se desprendia deles. Depois, ele segurou meu queixo. E, lentamente, aproximou sua boca da minha.

Foi um beijo doce. Eu havia descoberto um homem gentil, um homem. E não me arrependo de ter ficado com ele, de estarmos juntos há dois anos, nem do fato de ele ser mais velho. Foi o mesmo que fazer uma troca (troca! Hoje nem consigo imaginar Ricardo algo além de uma paquera.) entre um sonho adolescente e uma realidade densa, sincera. Encontrar um homem, um amor.

Um presente para Ana

Todo mundo passava apressado por Ana. Avenida Paulista, hora do *rush*. E mais motivos de pressa: a ventania. A escuridão que precede tempestade, deixando as ruas com jeito de quase-noite, deixando medo e pressa, muita pressa nas pessoas.

Mas Ana não acelerou os passos. Vinha leve e magrinha, cabelo curto sem medo de ser arrepiado, parando às vezes para encarar as folhas que o vento carregava, sorrindo dentro de si mesma do ridículo das pessoas terem medo da chuva.

"Sempre que acontecia alguma coisa importante para Ana Terra, estava ventando." Onde ela havia lido isso? Claro, no romance de Érico Veríssimo. Gostara muito do livro. Não só porque a personagem se chamava Ana, mas porque havia uma história de amor. Um trágico amor, mas intenso, por Pedro Missioneiro. Um amor denso como o que Ana queria para si. Mas onde achar namorado? E ironias de todos os destinos, lembrar de namorado fez com que se lembrasse do dia 12 de junho, Dia dos Namorados.

Os pingos de chuva começaram a cair, redondos e grandes como pires. Uma senhora gorda quase escorregou, correndo para a proteção dos ônibus. Passou também por ela um *office-boy*, a toda velocidade. Ana apenas sorriu. Não tem mesmo alguma coisa de ridículo ver tanta gente se matando para escapar de uma inocente chuva?

Cinco passos, dez. Sem pressa, Ana foi chegando a uma lanchonete, já de toldo arriado, protegendo os pedestres. Duas gotas grandes de chuva arrebentaram nos seus cabelos — ah, que bom! O vento...

E naquele segundo que pode criar as tragédias, o automóvel saiu da garagem. Barulho forte de freada, um grito de alguém, e a chuva, com toda a sua violência.

— Você está bem? Pelo amor de Deus, o que...

A mancha debaixo do joelho provavelmente ficaria muito, muito roxa. Mas o acidente ficou apenas naquilo.

— Não foi nada, pode deixar... — Ana ergueu os olhos e não pôde continuar. Era ele, tinha certeza. Nos olhos claros e no rosto bronzeado do moço, descobriu Pedro Missioneiro.

A chuva ensopava os dois, o vento erguia a saia de Ana. Num gesto inesperado (Fugir da chuva? Ser gentil? Ou seria o acaso?) o moço abriu a porta do carro e a fez entrar. Os trovões atrapalhavam as palavras, as gotas martelavam no teto do automóvel.

— Essa chuva... Quer uma carona? É o mínimo que eu posso fazer, por alguém que quase atropelei. Onde você vai?

Cabelo escorrido e blusa fina colando no corpo. Mas era muita magia! Ana só reparava no jeito do moço moreno: impressão, ou havia mesmo algo de índio nos seus olhos rasgados e lábios grossos?

Ele precisou repetir duas vezes a pergunta, para que ela voltasse a prestar atenção.

— Aonde eu vou? Não sei. Só estava andando, um passeio.

— Passeio? Com esse tempo horrível? — riu bonito, dentes branquíssimos. O farol segurou o carro, ele olhou bem para ela, divertido com aquela resposta sem pé nem cabeça. Ana pôde sentir um perfume verde, vindo do seu corpo. Como se ele tivesse acabado de rolar pela grama, depois de nadar num rio verde, também. Da cor dos seus olhos.

— Adoro dias assim. Ventania antes de chuva. Pode ser verão ou inverno... o vento, o cheiro que fica no ar. É gostoso — ela falou.

Ele riu. O farol acendeu (verde, sempre verde) e eles seguiram. Se disseram os nomes: o dele não era Pedro, mas Gabriel. Continuava um nome de índio, Ana acreditou que todo índio se chamaria Pedro ou Gabriel.

Olhou sem querer para o banco de trás, um susto: cuidadosamente embrulhada, uma caixa. Um presente. E era Dia dos Namorados. O seu Gabriel podia ser lindo e gentil, mas... Aquele danado do *mas* tinha de aparecer!

— Escute, se você está passeando e não quer voltar logo para casa... bem, eu tenho um assunto para tratar. É rápido, logo ali no Jabaquara... depois, te convido para um sorvete. Ou um chope?

Um presente. Disfarçadamente, Ana voltou a encarar o pacote: a caixa era pequena demais para ser de sapato. Grande para conter uma bijuteria. Talvez uma camiseta. Um maiô. Calcinha e sutiã? Ficou encabulada, imaginar Gabriel já tão íntimo da namorada, os dois indo a motéis? Talvez até fossem casados!

— Mocinha distraída, eu fiz uma pergunta... vamos?

No meio dos seus pensamentos, aquela pergunta soou quase imoral. Vermelha, Ana se escorou mais perto da porta.

— Não! Quer dizer, onde...?

— Prometo que não demoro. Depois, jantar comigo. Nada de chope, faço questão do jantar. Afinal de contas, não é todo dia que a gente sai atropelando os outros por aí, não é mesmo?

E cínico. Como o seu Pedro Missioneiro poderia ser cínico? Deixava a namorada pra mais tarde, agora o negócio era atacar quem estava à mão.

Novo sinal fechado. Pedro-Gabriel fez um comentário qualquer sobre o trânsito ruim. Ana se sentia envergonhada, como se só naquele instante se percebesse no carro de um estranho, um cara bonitão, mas que só podia ser muito mal-intencionado, já que ofereceu carona tão depressa. Levava presente para a namorada e ainda convidava outra para jantar! Traidor. E Ana fixou os olhos na chuva, gotas lacrimejando devagar pelo vidro.

— É aqui. Prometo que não demoro. — Brecou diante de um sobrado. Estendeu a mão, agarrou o presente, e como ainda estivesse chuviscando, foi depressa até o portão.

Uma mulher atendeu, beijos no rosto do rapaz, fechou a porta.

Beijos. Presente. E tão, tão canalha, ainda levava Ana até lá... saber o endereço da outra? Naquele momento de raiva, Ana não imaginou que *ela* poderia ser a outra. E aquela mulher lhe pareceu meio velha... e se fosse a amante? Nem era uma moça, mas uma mulher... talvez casada!

O ideal seria fugir. Correr dali, escapar rua abaixo. Ou ficar ali, passar uma bronca naquele sujeitinho sem-vergonha.

A porta do sobrado se abriu antes que tivesse se decidido. Novos beijos entre os dois, Gabriel se aproximou depressa. A mulher continuou à porta, acenando, sorridente... para Ana?

— Tchau, mãe. Até mais.
— Mãe?
— É, mãe. Você não tem mãe?
— Mas o presente?

Ele ligou o carro, foi esterçando.

— O pacote. Ali atrás. Hoje não é Dia dos Namorados?
— Dia dos...? Sabe que eu nem lembrei disso?
— Então o pacote era para sua mãe?
— Aniversário da velha. Também se pode fazer aniversário no Dia dos Namorados, ou está proibido? Ei, o que você pensou que era?

Mas Ana não se preocupou em responder. Riu alto, feliz, contagiou Gabriel com sua risada, e o vento parece que voltou, vento gostoso de depois de chuva. Cheiro gostoso de terra no ar — Ana Terra...

Eles

Primeiro encontro

Era uma vez, era uma vez... ah, as historinhas babacas sempre começam com "era uma vez" e era uma vez coisíssima nenhuma. *É uma vez*. É uma vez esse suor grosso, grudento, debaixo do braço e na testa. Esse engasgado na garganta — e é capaz de eu falar fino. E se eu tocar a campainha e em vez de falar, com voz de homem, "A Marta está?", eu saio aí com o raio de voz de CD com defeito: "A Maaaarta"... Não dá!

Também não dá eu ficar aqui, indo e vindo na calçada, com papel na mão e fingindo que estou procurando endereço. Eu já achei. É aqui: o sobrado com jardim na frente, varanda envidraçada. E por que eu não toco a campainha, não pergunto (com voz de homem, de homem): "A Marta está?" Ela está, eu sei. A gente combinou ontem, e tudo ontem foi tão fácil... Por que então eu agora não tomo coragem? Por que fico desconfiado de estar suado debaixo do braço? — se usei desodorante, tomei aqueeeele banho, fiz a barba com tanto cuidado (mesmo que só tenha uma penugem debaixo do nariz e uns fios tortos no queixo)... Está tudo certo, cara. Para de se preocupar. Mas um encontro é um encontro. Sair com uma garota é um negócio muito sério, não se pode ir chegando e pegando e beijando... (ah, esse arrepio na nuca... essas ideias tontas na cabeça...) e se for? E se é mesmo pra ir chegando e pegando e beijando?

Ontem foi tudo tão fácil, na escola. Tão simples, nem deu pra eu ficar vermelho ou gago ou bobo. Talvez porque Marta tenha um papo legal, e nós sentamos um do lado do outro na arquibancada do colégio, e nós dois torcemos pelos alunos, no futebol de todo fim do ano: ALUNOS X PROFESSORES. E foi fácil a gente reconhecer que mesmo barrigudo o professor Tércio joga legal. E daí a conversa foi pra esportes, de esportes foi pra aventura, e pintou na minha cabeça esse filme passando, sobre um adolescente que vira lobisomem e é um superjogador de basquete. Marta não tinha assistido. Eu tinha lido alguma coisa sobre ele. E veio o convite, assim, "não quer ir comigo ao cinema, amanhã?" e ela falou "claro, vai ser ótimo". Eu falei "às seis horas". E aí ela me deu o endereço anotado no papel, e aqui estou eu, falta meia hora pra seis, me borrando de um medo babaca, medo do quê?

Talvez esse medo todo veio por causa do Gino, aquele ruivo idiota do Gino, me cutucando ontem na fila de ônibus, perguntando se eu ia sair com a Marta, todo interessado no que eu ia fazer no sábado... (ou ia fazer com a Marta?) e ele tinha de dizer, porque ele tinha de dizer: "A Marta é fácil. Você transa com ela na maior".

Transar com ela. Foi pensar nisso, e pronto! Senti o rosto ficando quente de novo. Eu quero transar com ela? Claro que sim. Na verdade, com qualquer uma.

Não, também não é assim, "qualquer uma"... Mas quero ter uma mulher, daquele jeito que eu fico imaginando quando vou dormir. Imaginar uma garota (ah, nessas horas podia ser qualquer uma) do meu lado, me beijando. Poder acariciar todo o corpo de uma garota, sentir o seu cheiro, dar um beijo... e foi pensar em beijo, passei a língua sobre o lábio, cocei a cabeça, encarei o sobrado-inimigo onde mora a Marta.

E não deu pra pensar por mais tempo. Daqueles acasos, coisa assim tão de repente, mas quem abriu a janela, no andar de cima? Quem fez um aceno e gritou "já vou descer" e fechou a janela? Só podia ser a Marta.

Fui até o portão, agora sim, duas vezes nervoso: pelo encontro e também pra arrumar uma desculpa. Por que estava lá, parado, do outro lado da rua? Feito um idiota, sem tocar a campainha? Por que não toquei a campainha? Bom, eu explico rapidinho: "Sabe, Marta, cheguei agora, aí fui confirmar o endereço e...".

— Oi, Ciro. Tudo bem? — Marta me deu dois beijos no rosto, beijos molhados, encostando bem a boca em cada lado do meu rosto. Então eu sentia aquela umidade na bochecha, e o calor debaixo dos braços e sentia a mão de Marta apertando meu braço e eu ia seguindo do seu lado, pela varanda, pela sala, até o sofá.

E Marta me largou sentado no sofá.

— Eu vou terminar de me arrumar, fica à vontade, tá? — Ela ia subindo as escadas, parou no segundo degrau, se virou para mim. — Quer um copo d'água, um café? Tem café na garrafa térmica, ali na cozinha — apontou o corredor.

Falei um "nããão" fininho, dei uma tossida funda, soltei a voz no "NÃO" grosso, voz de homem.

E lá estava eu, sozinho. Ouvia barulho de TV ligada no andar de cima, mas ninguém apareceu pra falar comigo. Só tinha, como companhia, o sorriso de duas meninas, rindo bem na minha frente, na fotografia. Vagamente a da direita lembrava Marta, uma Martinha de seus 4 anos, 5. Uma foto de dez anos atrás, então. Quantos anos tinha Marta? Não tinha perguntado, mas estava na 7ª série, devia ter... 13 anos? 14? E por que aquele idiota do Gino falava que ela era "fácil", o que queria dizer "fácil"? Que com ela não tinha problemas, era só chegar, pegar e agarrar? Ou *ela* é que ia me agarrar e beijar, no escuro do cinema? Ah! Cada ideia besta... Mas talvez fosse besta um cara ter 15 anos como eu e nunca ter saído com uma garota.

Olhei pro tapete, tinha um cachorro bordado no tapete. Passei o pé sobre a cara do cachorro... sujei a cara do cachorro com barro. Droga! Meu sapato estava sujo? Estava. Era o sapato novo, e eu havia esquecido completamente que no casamento do meu primo a festa foi num sítio, tinha barro... Como eu era estúpido! Saía pra um encontro, ajeitava banho, cara e cabelo e esquecia justo de olhar o sapato?

Não tinha ninguém à vista. Comecei a esfregar o tapete com a mão, afastando os pés do pano. O barro seco foi fácil de tirar, mas agora onde eu ia enfiar as duas pelotas secas de terra? Se eu me levantasse, era capaz de sujar o resto da casa. E se jogasse debaixo do tapete?

Foi o que eu fiz. E continuei parado.

Tique-taque de relógio, um cuco antigo, com pêndulo. Meus olhos iam-e-voltavam junto com o esquerda-direita da bolota de ferro. Eu suspirei, pela décima vez. Enxuguei o suor acima do lábio, se pelo menos não estivesse um dia tão quente... Devia estar fedendo. Para com isso! – briguei comigo mesmo, dentro dos meus pensamentos. Você tomou banho, passou desodorante, a Marta é uma menina legal e...

Fácil. De novo, o pensamento foi mais rápido do que eu consegui segurar, e veio a palavra. "Fácil". Uma menina fácil.

Marta desceu as escadas correndo. Usava calça *jeans*, uma camisa larga, o cabelo amarrado para trás, e dois imensos brincos amarelos dançavam em suas orelhas, enquanto ela corria. Fiquei de pé. Marta era igualzinha da minha altura, a gente ficava quase nariz-com-nariz. Os olhos dela estavam muito brilhantes e os dentes também.

Aliás, toda ela brilhava. Devia ser alguma maquiagem, porque não era suor. Por que mulher tem essas coisas, esses potinhos e trecos melequentos?

– Vamos? Eu falei pra minha mãe que a gente volta às dez horas. Tudo bem?

– Claro – menti, fingindo estar muito à vontade em sair com uma garota. – Você é quem sabe.

Aí ela gritou, para o andar de cima, "Tchau, mãe!", e uma voz feminina respondeu "tchau", mas nem apareceu. Ainda bem. Pelo menos eu não tinha de enfrentar família... era por isso que Marta era "fácil"? Por que a mãe dela deixava a Marta sair com um rapaz e nem regulava o horário?

Ponto de ônibus. Foi lá, no ponto de ônibus, que eu saquei como é chato ser criança. Criança não, epa! Mas não ter carta, carro. Alguns colegas pegam o carro do pai com 15, 16 anos. Mas o meu? Ah! Nem se fosse por cima do cadáver dele. Do jeito que o velho paparicava o carro, e lavava o carro, e lustrava o carro, parecia até que se casou com o carro e não com a minha mãe.

Falei isso pra Marta. Falei porque foi o que veio na minha cabeça, e ela caiu na risada. Falou que eu "era um barato"... eu era? Estava vermelho pra burro, e não tinha contado aquilo pra ser engraçado. Era verdade. Meu velho devia gostar do carro mais do que de mim.

Isso também eu falei, mas dessa vez Marta não riu. Ficou séria. Falou:

– Verdade, Ciro?

Bom, podia ser verdade, mas eu exagerei. Disse que meu pai trabalhava muito, que ficava pouco em casa. (Isso era verdade.) Que era muito estourado, brigava por qualquer coisa. (Isso não era *tão* verdade assim. O "qualquer coisa" pra tirar meu pai do sério eram minhas notas na escola, o videocassete que meu irmão arrebentou com uma bolada, ou o talão de cheques roubado na outra semana.)

Chegou o ônibus.

– Eu pago – falei.

Ainda bem que o ônibus estava vazio. Marta se sentou na janelinha, eu sentei do lado dela. Olhei pra ela. Um raio de sol batia em seu rosto, ela franzia um pouco os olhos, mas mesmo assim ficava bonita. O cabelo ficou mais claro, mais brilhante.

– O que você está olhando? – ela sorriu.

– Nada – eu falei, e olhei pra frente.

Estúpido, devia ter dito: pra você. Mas não disse, pronto. Marta apontou alguma coisa na rua, depois colocou a mão na minha perna.

Eu fiquei todo aceso, e fingi que não estava nem aí, fui ouvindo uma lengalenga dela, sobre a antiga casa deles, e apontava um lugar, e colocava a mão na minha perna... a suadeira. Ela olhava pro meu rosto, eu mexia a cabeça, como se estivesse ouvindo e concordando, mas estava era todo, inteiro, interessado no toque da mão de Marta na minha coxa.

Ela colocou a mão sobre a bolsa, no colo. Eu suspirei.

Precisava puxar um assunto, senão ela ia pensar o quê? Que eu era mudo? Mas antes disso chegou nosso ponto. Então era descer, ir até o cinema, comprar ingressos, entrar na sala de espera. Tudo isso foi fácil, porque eram coisas pra fazer. O difícil era ficar sem fazer nada, porque aí todos os pensamentos vinham, e eu sobrava confuso, bobo.

Sentamos no sofá, na sala de espera. À nossa frente um casal trocava um looooongo beijo. Olhei pra eles. Olhei pra Marta. Ela sorriu. Ela sempre sorria, poxa. Ela era tão confiante assim? Ou tão "experiente" assim?

Comecei a ficar com raiva dela. Com raiva de mim, não passava de um bobo de 15 anos. Por sorte, a outra sessão terminou. Entramos no cinema, estava escuro. Peguei na mão dela.

Foi instintivo, eu pegava na mão da minha mãe, quando era criança. Era pra gente não se perder. Ou não era? Também não ia me mostrar um bobalhão. Nós sentamos. Eu continuei segurando na mão dela.

Sua mão era quente e gordinha. Imóvel na minha mão. Nós dois olhando pra tela, lendo os diálogos traduzidos do inglês, e enquanto isso havia era um mundo enorme de ideias passando pela minha cabeça: beijo ou não beijo? Assim de repente? E se ela brigar? Olho pra ela? Olho pro filme? Abraço ela? Abraço e agarro ela e beijo e que se lasque se ela não gostar?

— Está gostando do filme? — Marta me perguntou, aproximando o rosto. O seu hálito veio quente, leve sabor de chiclete.

— É legal, né?

O branco do olho dela tão perto do meu rosto. Puxei seu rosto para perto de mim, pra ficar apoiado no meu peito. Agora sim, estávamos abraçados. Sua mão brincou com um botão na minha camisa.

Apertei mais os seus ombros. O filme, que se lascasse o filme. A gente estava muito mais interessado nessa nossa história. Meu corpo todo tremia e aquelas ideias cortavam pela minha cabeça, como se fossem gaviões me perseguindo.

— Ciro... você me diz uma coisa? — de novo, o hálito fresco perto do meu rosto.

— Fala...

— Por que você me convidou pra sair? — os dedos dela mexendo na minha camisa.

Por quê? Ah, eu podia dizer que por nada. Porque ela conversava legal. Porque eu tinha poucos amigos. Porque nunca tinha saído com uma garota. Porque precisava, desejava e ansiava por uma namorada. Ou nada disso: que foi só um convite. Ela era apenas uma colega de escola, e só isso. Que eu não era um babaca como o Gino, que ficava dividindo as meninas e eu ia era dar uma porrada no Gino, pra ele parar de ser grosso. Na hora eu pensei todo esse milhão de coisas, mas só pensei. Porque na minha boca estava era outra resposta, e essa sim, veio sem eu pensar:

— Porque eu gosto de você.

E o beijo veio fácil, limpo, gostoso.

O chiclete

Dar um tempo... como assim, "dar um tempo"? O rosto dele estava vermelho. Não era de sol, mesmo que estivessem no verão. Ele só conseguia olhar para ela, o jeito dela. Cristina não respondeu. Enfiou o dedo na boca, brincou com o chiclete, puxou um pouco o chiclete pra fora da boca, enfiou de novo, foi mastigando. Sem olhar para ele. Nunca Lucas se sentiu tão longe de Cristina, mesmo que ela estivesse ali, à sua frente na mesinha da lanchonete. Dois namorados tomando refrigerante na lanchonete da cidade. E tão distantes como se vindos de planetas diferentes.

– Você não gosta de mim... você nunca gostou nem um pouco de mim, não é?

Ela começou a falar. A voz dela vinha de longe, parecia que as palavras vinham tão mastigadas como chiclete. "Palavras mastigadas"... batidas. Coisas como "sou muito nova"... "não tenho certeza"... "você é um cara legal"... Lucas sentiu a testa ardendo com um suor fácil. Como se os poros se abrissem à força, o que acontece quando se está na sauna. Todo seu corpo ardia, o fogo... não ia chorar. Droga, isso não. Chorar, não. Ainda mais ali, na frente dela.

– Para com isso, Cristina. Para com isso... daqui a pouco, você vai falar: "Vamos ser apenas bons amigos"... não vai? Eu não quero ser seu amigo, Cristina. Eu...

"Amo você." Era isso mesmo, droga! Era isso que ele falava a si mesmo havia três semanas. E o que podia dizer? A verdade, abrir o coração? "Cristina, eu só penso em você. Eu vou dormir pensando em você, eu fico sonhando com seus beijos, eu fecho os olhos e enxergo essa sua boca vermelha, eu sinto que estou ficando doido, fico zanzando em volta do telefone, morrendo de vontade de ligar, de falar com você toda-toda hora, eu fico imaginando tudo que você está fazendo, com quem está conversando, como foi a sua aula, tudo. Fico querendo falar com você sobre essas coisas. Isso nunca aconteceu comigo antes, Cristina. Toda garota a quem eu já beijei, mulher com quem eu saí, nada foi tão importante pra mim como esse tempo em que a gente está junto... você não pode fazer isso comigo, Cristina."

Mas Lucas não falou nada disso. Ia deixando que o silêncio da tarde envolvesse os dois como uma bolha de ar quente, uma bola de chiclete que a própria Cristina poderia encher, e depois – puf! Estourar na cara e ser engolida de novo. "Um chiclete usado", Lucas pensou. Mas só disse:

– Gozado...

– O que é gozado, Lucas?

Ele olhou pra ela. A franja tapava um pouco seus olhos, olhos que o encaravam de baixo para cima. Tudo era tão difícil. Ou não era? Desde quando Cristina já tinha decidido "dar um tempo"? No que ela pensava quando ele segurava suas mãos na porta da casa dela? Por que não se entregava quando ele estava doido, maluco, apertando as costas dela e dando um beijo? Por que ela sempre empurrava, falava "para um pouco"... "vamos conversar"..., em que hora as coisas morreram? Ou nunca existiram? Os olhos arderam. Não, Lucas, isso não. Lucas fechou os olhos, como se as pálpebras pudessem engolir as lágrimas.

– Você nunca me falou a verdade, Cristina. Não é? Eu nunca fui porcaria nenhuma em sua vida.

– Ai, Lucas... como você está dramático! Que coisa!

Ele apertou o pulso dela, sobre a mesinha. Apertou e chacoalhou com força, batendo sua mão na toalha da mesa.

— Você tá louco? Me solta!

Ele soltou.

— Desculpe.

Cristina estava de pé. Mastigava o chiclete com mais pressa, quase com raiva.

— Eu não tenho culpa! Lucas, eu não tenho culpa... eu não... — suspirou. Colocou as mãos na cintura. Abaixou os olhos. — Eu não gosto de você.

— Por que você topou, então? Por que aceitou namorar comigo?

Ela voltou a sentar. Na ponta da cadeira, do outro lado da mesinha da lanchonete. Pegou o copo de refrigerante, viu uma mosca nadando no líquido claro, fez uma careta de nojo.

— Eu sei lá... você era amigo do meu irmão, a gente se conhecia.

— Mas você não me deu nenhuma chance, Cristina.

— Não é chance! Não sei... você fica em cima, tá sempre ali, e telefona, e fala... eu fico sem liberdade.

— Liberdade pra quê? Namorar outros caras? É isso?

— Olha, talvez... eu não sei. Não sei, cara! Dá um tempo.

"Dar um tempo." Lucas fechou os olhos. O que ia fazer dos sonhos? Três semanas, tinha durado o sonho. Na sua imaginação, estava entrando na faculdade, estava se formando em História, estava namorando, casando com ela. Nos sonhos, se via amando o corpo bonito de Cristina. Dormindo ao lado dela. Podendo olhar, no seu rosto tranquilo, os sonhos correndo sob as pálpebras, enquanto ele velava. Segurava de leve sua mão, acariciava seu rosto. Cristina.

Olhou para ela. A garota acenou para um amigo motoqueiro, que levava o colega na garupa. Era ele, o "outro"? Ou o caronista? Ou qualquer outro dos rapazes da cidade?

— Então acabou. Fim. Só isso?

— Lucas, é só um namoro... eu tenho 15 anos, não tem sentido a gente...

— Não tem sentido o quê? A gente se amar?

— Eu não tenho culpa. — Os olhos secos, marotamente os olhos secos de Cristina. Se ao menos ela chorasse, mostrasse sentir que pelo menos um pouco gostava dele. – Eu não tenho culpa de não gostar de você.

Na avenida apareceu a mãe dela, de carro. Buzinou. Estacionou logo ali, a três passos da mesinha.

– Eu vou indo... – Cristina ficou de pé. Tirou o chiclete da boca, jogou na calçada. Tocou no braço dele. Ele não se moveu. – Não fica assim. Isso passa. – Outra buzinada. – Tchau.

Lucas viu as costas bonitas de Cristina indo até o carro. Não respondeu ao aceno da mãe dela. Não respondeu ao "tchau" de Cristina, acenando de dentro do automóvel.

Era o único freguês da lanchonete, àquela hora. O garçom conversava com o dono, detrás do balcão. Um menino, mais longe, andava de bicicleta. Na outra esquina, uma mulher, no orelhão, soltava uma gargalhada. Ninguém olhava para Lucas.

Ele abaixou os olhos para a calçada, para o chiclete rosa jogado fora. Foi olhando o chiclete até que as lágrimas o deixassem enxergar só uma mancha apagada, derretendo sob o forte sol de verão.

Tem de ser em maio

— Claro, querida... eu *tinha* de casar em maio. Você sabe, mês das noivas. Aquela festa. Precisa ver o vestido, lindo!

Cecília continuou falando, mas eu me distraí. Devia ser a décima amiga que telefonava, e aquele prometia ser *outro* daqueles domingos: eu e o pai da Cecília, seu Lima, na partida de buraco. Cecília se dividindo entre o telefone, conversinhas excitadas com a mãe, na cozinha. E um beijo rápido no meu pescoço, "sapeando" o jogo.

— Era a Fernanda. Não acreditou, quando recebeu o convite. Vai ver pensou que eu sobrava pra titia, como ela. A Fernanda tem quatro anos a mais, e ela... desculpe, Alfredo. É a sua vez, estou atrapalhando? Depois a gente conversa.

O beijo rápido de Cecília na minha nuca. Odeio que me beijem atrás da orelha, mas ela, sempre esquecida...

— Bati! Que azar, hem, genro? Nessa eu acabei com você, hem?

— Azar no jogo, sorte no amor! — gritou Cecília lá da cozinha, prestando mais atenção em nós do que em outra coisa.

Seu Lima contou cuidadosamente os pontos, anotando-os com uma letra de quem é pouco familiarizado com os números. Entrou correndo o irmão caçula, nariz sangrando e bicicleta quebrada.

É engraçado, hoje, lembrar tão bem desses detalhes. Faz cinco anos que isso aconteceu, mas é como se houvesse um outro Alfredo, em outra vida, fazendo isso. E não como eu estou agora, estagiário em Itaipu, engenheiro formado... e solteiro. Como a gente muda. Ou não muda nunca, talvez. Acredito que seu Lima continue jogando buraco todos os domingos. Não deve lhe faltar parceiro, tendo filha tão bonita como Cecília.

Na época, eu me sentia alegre e triste. Cecília é bonita, com seu jeito italianado (puxou pela mãe), os olhos imensos e azuis, a pele de um rosado de maçã. Como a gente não ia se apaixonar por alguém assim?

Eu estava com 19, ela com 17 anos. Nosso primeiro emprego: eu era o caixa; ela, balconista da loja de roupas. No começo, nosso relacionamento era frio. Mas melhorou bastante — é maldade minha? — quando ela soube que eu havia passado no vestibular de Engenharia. Quando soube que eu apenas estava faturando um extra de fim de ano, lá na loja. Que eu era — como as amigas dela gozavam de mim — um "filhinho de papai".

Convidei os empregados da loja para comemorar comigo a vitória, numa lanchonete. Quase me raparam a cabeça lá mesmo. Cecília cochichava muito, com as amigas. Tomei umas a mais, e mesmo sabendo que não era legal, dei carona para as garotas — meu pai me emprestou o carro. E terminei a noite aos beijos com ela, iniciando nosso namoro.

E menos de um ano depois, lá estava eu: domingo à tarde, jogando cartas com seu Lima, casamento marcado. O pequeno acidente com o caçula, sendo inesperado estopim de uma decisão.

A casa estava agitada demais por causa do garoto, e implorei um minuto de solidão com Cecília. Saímos no carro zero, meu presente de 20 anos. Cecília estava aborrecida comigo. Preocupada com o irmão. Com o casamento. Não aceitou ir a um *drive-in* (era o máximo da nossa intimidade. Com todos os limites. Havia dentro dela um taxímetro — não me vem outra palavra — que *bloqueava* qualquer iniciativa além do que ela mesma impunha). Paramos numa lanchonete.

— Só um chope, Cecília.

— Chope engorda. O vestido já está pronto.

— Água mineral, qualquer coisa. Mas não vamos ficar no carro!

Entramos. A lanchonete em penumbra, mesa de canto. Cecília estava elétrica demais para relaxar e curtir o ambiente. Falou das amigas, da festa. Falou do emprego e já decidiu largá-lo um mês após o casamento. Suas decisões finais eram comunicadas, nunca discutidas.

Só reparei em Magda depois de meia hora. Estava numa mesa com duas amigas, e confesso que fiquei envergonhado em apresentar Cecília para ela. Curioso, isso. Ia me casar com Cecília. Mas tinha vergonha de apresentá-la a uma amiga de faculdade. Por quê? Só porque Magda era do Centro Acadêmico, mulher cheia de decisões, inteligente e... bonita?

Depois que levei Cecília até sua casa, resolvi voltar à lanchonete. Não sabia bem por quê. Talvez apenas saber se Magda ainda estava lá. Estranhamente emocionado, queria encontrá-la.

Estava. E se lembrava de mim. Sorridente e sensível, em cinco minutos me percebeu nervoso. Meia hora de conversa, sabia dos meus problemas, dos meus medos.

— Casar na dúvida é o pior negócio.

— Eu gosto da Cecília. Gosto muito da Cecília.

— Sendo franca, Alfredo, você já não se perguntou se... não é apenas atração física?

Fiquei surpreso, rodando o copo de chope nos dedos. As amigas discutiam a eleição de governador, interessadas na conversa, sem prestarem atenção em nós. Pela primeira vez, pensei seriamente sobre a questão.

— Não sei — fui honesto.

Magda soltou uma baforada para cima. Tomei coragem e pedi um cigarro para ela. Fumava quase nada, mas mesmo assim Cecília pegava no meu pé. A comparação entre as duas não pôde ser evitada. Será que significava alguma coisa?

— Alfredo, você está confuso. Você está carente... posso ser sincera? Acho que sua noiva... — um instante ela parou, procurando palavra mais amena — ... não tem intimidade com você, não é isso?

— Bom, é mais ou menos isso.

— Mais ou menos não é resposta. Alfredo, é o velho golpe. Pode ser que ela nem faça de propósito, mas isso é tão velho como Adão e Eva. Ela está deixando você na espera para arrancar o casório. E o pior é que você vai entrar nessa. Uma coisa tão antiga...

Entrar nessa. Coisa antiga. E eu me senti mesmo como se estivesse vivendo em outro século, quando dividimos a conta na lanchonete; quando as amigas recusaram a carona, tinham carro; quando levei Magda até o seu apartamento, e tomamos juntos uma sopa de legumes "para acabar com ressaca e dar forças", como ela definiu. E me senti alegre e livre, ah, como há séculos não me sentia. E fizemos amor naquela noite. Um amor simples e delicioso, do jeito que eu sabia — senti, senti até nos meus ossos, se a gente pode sentir isso — que nunca faria com Cecília. E saí dali me sentindo leve e limpo. Não, eu não havia traído ninguém. Eu havia me encontrado.

Claro que desmarcar compromissos foi complicado. Claro que a chantagem emocional de Cecília foi violenta. A acusação sobre a "outra, a destruidora de casamentos". Não, Magda não foi uma *outra*: era mistura de musa e amiga, mas mulher que não viveria comigo. Coisas que Cecília jamais compreenderia.

Eu não menti: aquilo tudo era uma farsa. Era a pressa e a necessidade — dela — de afirmar compromissos, não um amor. Acredito que Cecília, em muitos telefonemas, me chamou de canalha. E talvez eu até fosse, se ela queria um marido acima de todas as coisas, de todas as afeições.

Optei por ser livre. Por ser amado. Por ser feliz. Espero que ela tenha aprendido. Se não, o que posso dizer? Espero que Cecília encontre um novo mês de maio, mês das noivas. E tomara que — dessa vez para ela — não haja nenhuma Magda a mostrar que as coisas não são bem assim...

Caretão

Noite quente, garotada na porta do prédio, sentada em calçada, em degrau do edifício Estrela Azul. Uma lua escarrapachada no céu, parecendo ovo frito. O som vindo do rádio do carro de seu Valdir, com porta aberta. Kátia e Débora aproveitaram pra dançar e fazer ginástica. Bete e Carolina chegando, tomando sorvete. Papo gostoso de noite de verão.

— Gente, vocês lembram do Marcos? — falou Carolina.

— Que Marcos? O que morava aqui do lado? — perguntou Kátia, cuspindo fora o chiclete e apontando o edifício do lado.

— É, o Marcos... vocês até puseram um apelido nele, não foi? — continuou Carolina.

Carlos lembrou logo:

— O Caretão. Lembra dele, Newton? Não suportava esse cara...

Caretão ganhou esse apelido não porque fosse careta — era o contrário. O mundo inteiro lhe parecia careta. Ele, não. Era o esperto. Carlos não gosta do Caretão porque fora vítima de uma das "brincadeiras" dele. Foram juntos a um jogo de basquete e Caretão lhe oferecera umas balas coloridas. Não eram balas. Carlos ficou aceso por dois dias, sem conseguir dormir. Esse era o tipo de "esperteza" do Caretão...

— Até que era bonitinho... — falou Kátia, com uma risadinha malandra. Carlos explodiu:

— Bonitinho! Uma besta! Não se interessava por nada, nem por música, política, nada! Só sabia dar uma de metido.

— Ele sumiu... — falou Newton, limpando os óculos na beirada da camiseta. — Acho que a família dele se mudou.

— Ele era de Aquário, não é? Aquariano é assim mesmo, agitado — falou Regina.

Pronto! Regina, irmã de Carlos, tinha de vir com suas astrologias da vida. Carlos começou a discutir com ela, Kátia entrou na conversa pra defender Regina. Newton começou uma conversa tímida com Carolina. Só se acertaram quando Regina subiu pro apartamento, louca da vida com o irmão.

— Gente! Escuta aqui o que a Carol tá contando — falou Newton.

— Então. Eu perguntei do Marcos porque ele ligou ontem pro meu irmão...

— E o que ele queria com o Paulo? — quis saber Débora.

— Não sei... o Paulo falou que ele tava esquisito. Enrolou uma conversa, disse que estava com saudades da gente.

— Da gente? — Carlos deu uma risada irônica. Cochichou para Newton, não queria que as meninas ouvissem: — Vai ver ele agora já anda no tráfico, quer passar um pó pra gente...

— Será? Pra mim ele nunca ofereceu nada — respondeu Newton, também em voz baixa. Eles achavam melhor não abrir esse lance com as garotas. Mas que o Caretão era barra pesada, disso eles sabiam.

— Pois é — terminou Carol. — Marcos disse pro meu irmão que vem aqui uma noite dessas.

— O Caretão voltando... vai ser bom. Ótimo! Tem gente que acha ele tão "bonitinho", não é? — falou Carlos, alto, para provocar Kátia, que preferiu não responder.

O Caretão... Carlos ficou com ele na cabeça, durante as outras conversas, ou mesmo depois que a turma se separou, e ele voltou ao apartamento. O Caretão... era mais velho que o pessoal, por volta de 25 anos. Morava no edifício ao lado, de vez em quando se reunia com a turma. Era mais amigo do Paulo, irmão da Carol. Parece que o

Paulo tinha experimentado algumas com o Caretão, depois se separaram... pelo menos é o que se comentava.

Carlos dormia só de cueca, a noite estava quente. Fez as flexões de sempre, desligou o abajur, ficou ouvindo uma música. Lembrava daquele dia do basquete, das bolinhas coloridas. Da risada grosseira de Caretão, enquanto Carlos falava sem parar e sentia a cabeça a mil, o coração parece que aumentando de tamanho. Via a boca de Caretão, enorme. Caretão começava a xingar Carlos, ele estava dentro de um poço. Carlos gritava para Caretão pedir ajuda, mas o outro ficava deitado na borda do poço, gargalhando. De repente, o silêncio. De dentro do poço, Carlos pressentiu que alguém estava junto com o Caretão. Apareceu o rosto de Kátia, ela e Caretão apontavam para Carlos, riam dele. Caretão começou a abraçar a garota, que dançava alucinadamente, enquanto Caretão acariciava seu corpo, os dois dançando, a música alta, as risadas...

Carlos acordou suando. O rádio continuava ligado, ele o desligou apressadamente, foi beber água, limpar o suor do rosto. Kátia era tão tonta, tão fácil de convencer, pensava ele. E justo agora, Caretão voltava. "Bonitinho", não foi o que ela disse?

Foi uma noite ingrata, em que Carlos misturava a conversa do dia anterior com o clima de pesadelo e o pesadelo real de reencontrar o "amigo"...

Outra noite quente, dias depois. Outra vez a lua, só que não tão redonda, era um brinco pendurado no céu. Outra vez a turma reunida, pra papo-furado.

— Oi, pessoal. — Paulo chegou devagar, acompanhado de um senhor. — Tudo bem? Vocês não lembram dele?

A turma se entreolhou, deveriam conhecer? Paulo parecia meio constrangido, estralava os dedos. Criou-se aquele silêncio de alguns segundos que parecem horas. Foi Débora quem resolveu o caso.

— Mas é o Marcos! — despachada, a garota quebrou o gelo, dando dois beijinhos no rosto do "rapaz".

Os outros também fingiram alegria, cumprimentando, com tapinhas nas costas e apertos de mão, aquele cara que mal pesava 50 quilos, e apresentava um rosto amarelado, rugas marcando nos lados da boca, dos olhos. O Caretão.

Kátia não conseguia desgrudar os olhos dele. Carlos sentiu o coração se agitar. A lembrança do sonho voltou. Kátia estaria interessada nele? É verdade que não se poderia chamar aquele Caretão de "bonitinho". Mesmo assim...

— Você está legal, Marcos? — perguntou Carolina.

— Que é que você acha? — falou Caretão. O pessoal não respondeu. Alguns abaixaram os olhos. — Não deu pra perceber? Me passa um cigarro... — Caretão pediu ao Paulo, que ficou em dúvida. O outro sorriu. — Pode passar que agora é só cigarro mesmo. Saí das outras.

Silêncio. Caretão acendeu o cigarro na brasa do cigarro de Paulo. Uma longa história, entre fumo, cheirar pó, começar a injetar nas veias. Chegou a pesar 40 quilos. A internação. A luta pra sair do sanatório.

— Caretão, que barra, hem? — falou Débora, quando o outro terminou de contar sua história.

— Caretão? Não, garota. Ou melhor, agora sim. Gostei. Caretão. — Ele suspirou, ajeitou o cabelo com os dedos. — Eu quase morri.

E quando Paulo saiu, levando Marcos pra casa dele, ninguém teve muito ânimo de comentar. Kátia parecia bem impressionada, principalmente porque ele andava tão velho. Carol teve de voltar ao apartamento, já eram 22 horas, seu horário-limite pra conversar com os amigos. Newton subiu o elevador com ela. Ficaram Carlos, Kátia, Débora e Bete.

— Eu não sabia desse lance do Marcos... — falou Kátia.

— Eu e Newton já sabíamos, mas era chato contar pra vocês — disse Carlos.

— Chato por quê?

— Ah, sei lá... você não achava ele "bonitinho"?

— E você é um tonto, leva tudo a sério, acha que eu...

Pronto! Débora e Bete até sentaram, cruzaram as pernas, suspiraram fundo. Quando Carlos e Kátia começavam a brigar, era melhor ter muita paciência...

E a lua, em quarto minguante, parecia uma risada na boca do céu.

O brinde

Está escuro na praça. Apenas a fogueira acesa pelo mendigo indica seu vulto ao lado do cachorro. O mendigo cozinha alguma coisa no fogo, e ora bebe a pinga do gargalo, ora conversa com o cão. Coisas sem muito sentido, como não tem o menor sentido eu estar aqui, dentro do carro, pensando e também tomando bebida do gargalo. A diferença entre nós é que bebo champanhe e ele toma pinga. Outras diferenças? Ele me parece calmo e sorri para o cão. Eu não estou calmo – estou triste. E não tenho ninguém com quem conversar, a não ser comigo mesmo, Henrique.

"Bimbalham os sinos... surgem papais noéis em tanta quantidade que deve haver uma liquidação no lugar onde o raio dos papais noéis vivem durante o resto do ano... todo mundo que não se reuniu durante o ano é obrigado a se encontrar em dezembro..."

Foi mais ou menos isso que eu falei para a Bia. Odeio o Natal. Falei a verdade: uma babaquice. E por isso nós brigamos.

Ela queria que eu fosse na ceia no dia 24 na casa dela. Mamãe já tinha ajeitado a ceia na casa de vovó, monte de parentes. Na família dela o esquema era mais ou menos parecido.

– Eu vou ser a única na festa sem o namorado.

– Pra que levar namorado? Eu lá quero conhecer um bando de prima que nunca vi mais gorda?

— Você não gosta de mim... tem vergonha de mim... nem falou em me convidar pra sua festa — ela chorava. Sei lá que tática besta é essa, ou vai ver mulher é assim mesmo, é a gente ter uma conversa um pouco mais séria, que ela chora. Normalmente eu fico com pena, peço desculpas, dou beijinho... talvez porque o Natal me irritasse, ou porque ficava com raiva de ver que Bia se envolvia pela babaquice... que ela chorasse.

— Você não gosta mais de mim... não é? — ela havia parado de chorar. Olhos ainda vermelhos, o lenço apertado na mão.

Fiquei olhando pra ela, naquela varanda da casa dela, um lugar nosso, em que podíamos expulsar o resto da família e ficar sozinhos. A árvore do jardim nos escondia de curiosos da rua. E naquele momento não. Não gostava dela, de Bia e seus grandes olhos claros, um azul-verde que me faziam ficar doido uns meses atrás. Bia e seus muitos jeitos de cabelo: começou o namoro com eles compridos e castanhos; depois ficaram pelas orelhas; agora estavam curtos e aloirados. Ah, Bia criança... eu gostava da Bia. Não era isso. Ou era? Era descobrir essa loucura de gostar-não gostar de alguém? Por que isso tem de ser tão complicado?

Mas só falei:

— Gosto. Gosto sim de você. Eu não gosto é do Natal. É diferente.

Então ela sorriu. Sorriu e me olhou daquele seu jeito infantil, a pose que eu finjo gostar mas na verdade me irrita, só que eu não digo nada. E preferi, naquela tarde de antevéspera de Natal, sorrir e pegar na sua mão. Como se eu estivesse seduzido por ela, como se ainda e sempre pudesse dizer "eu te amo" do mesmo modo como falei, dez meses atrás. E naquela noite as palavras vieram fáceis, porque ver-dadeiras. Não no dia 23. Não depois de quase um ano juntos. Preferi de novo facilitar as coisas:

— Gosto de você, Bia. Bastante.

Então ela me ofereceu os lábios, olhos fechados (levemente in-chados) e com um sorriso malandro. Por quê? Pra me seduzir? Era isso, sedução feminina? Ou talvez ela lesse, nas revistinhas bobocas dela, o jeito de encerrar uma discussão: "Minha amiga. Se o seu namorado estiver irritado com você, e ele começar a ficar nervoso, não continue a conversa. Encerre o assunto perguntando se ele te ama e... ofereça um beijo. Os homens são todos um bando de débeis mentais que só pensam em sexo, então você ganha a parada com o amor". Fim da matéria sobre relacionamento em crise.

Por que eu pensei em crise naquela hora? Por que só consegui hoje ficar trancado no meu quarto, igual cachorro em dia de faxina? Mamãe se enterrou na cozinha, e assa frango, e prepara torta... papai foi levar o carro no lava-a-jato, ele é que não ia exibir pro tio Beto um automóvel descuidado... minha irmã esteve horas no cabeleireiro. O grande dia. O Dia D. Tudo precisava estar correto e em ordem como se fôssemos para uma batalha. E não seria mesmo uma batalha?

Tomei outro gole de champanhe. Estava escuro na praça, mas o mostrador luminoso do meu relógio apontava onze e tanto da noite. Ninguém andava pela calçada, e mesmo o mendigo tinha ficado imóvel, encostado numa árvore. O silêncio forte, a ausência total de vento, as poucas luzes da praça filtradas pela árvores... tudo marcava um clima quase fúnebre. Fúnebre me fez lembrar de fantasmas. Pensar em fantasmas me lembrou a infância. E infância puxou a ideia de Natal. Quando era criança, gostava do Natal. De ir à casa de parentes. Lembro de um carrinho importado, que ganhei de tia Wanda. Adorei o presente, naquela época era difícil a gente comprar coisas importadas... e lembro bem, como essas coisas ficam nítidas... da conversa de mamãe, no carro: "A Wanda tinha de se exibir... não podia dar só uma lembrança... comprar coisa cara pro Henrique... e ele ainda esnoba o presente da avó só por causa do carrinho"... talvez mamãe pensasse que estivesse dormindo, por isso ela falou com papai daquele jeito. Eu vinha no banco de trás. Era filho único, naquela época... quando? Doze anos atrás? Mas lembro bem, muito bem.

De tarde, o telefone tocou.

— Alô? O Henrique está?

Era a voz de Bia.

— Fale, Bia.

— Desculpe ter brigado ontem.

— Não foi briga.

— Não, eu sei... mas é difícil entender alguém que não gosta do Natal... — ela gaguejava, tentou dar uma risada.

É, deve ser difícil. Não senti, de tarde, nenhum sentimento especial por ouvir a voz dela. Um dia vazio. Um cara vazio. Perguntei:

— Vocês vão logo pra ceia?

— Logo? Henri, ainda é cedo...

Ela às vezes me chamava de "Hãnri", como se eu fosse gringo. A conversa caiu naquela "não conversa" de duas pessoas que estão em situações diferentes e uma fica pensando em coisas legais pra espichar o papo com a outra.

— Bem... então a gente se vê depois do Natal... está bem?

— Tá bom, Bia. Dia 26 eu passo na sua casa...

— A que horas?

— Eu te ligo antes, Bia. A gente se conversa.

— Então... bom Natal.

Resmunguei um "pra você também". Bia... quando as coisas começaram a mudar? Foi um encontro tão legal... eu topando com a caloura de Biologia na faculdade, a conversa na cantina, as dicas sobre professores... daí foi numa palestra em que sentamos perto, depois uma saída com a turma, comer *pizza*... o namoro. Quase um ano.

No rádio do carro surgiu uma dessas mensagens natalinas, cheias de sinos e coral de anjos. Depois você fica sabendo que quem deseja tantas alegrias é uma multinacional qualquer de remédios ou cadeia de supermercados que superexploram os funcionários no final de ano. Desliguei o rádio. Vai ver sou mesmo um cara esquisito. Preferi o silêncio. Do lado do mendigo, nenhum movimento.

Eu gostava de encontrar meu primo Roque, nos natais passados. Ele sempre inventava alguma molecagem, como jogar caroço de azeitona nas pessoas que esperavam ônibus em frente à casa de vovó. Ou no Natal em que trocou o açúcar por sal e destruiu o pudim de sua mãe... primo Roque estaria na festa? Ou já era adulto, casado e nem ligava pra essas bobagens? O que mamãe estaria dizendo na festa? "O Henrique não veio. Foi na casa da namorada... isso ainda dá em casório..." Ah, mamãe. Tão difícil falar a verdade. Tão igual a tantas outras festas de fim de ano... lá ficava mamãe, invejando o vestido novo da tia Wanda, ou mesmo tio Paulo, tomando umas a mais e falando alto para meu pai: "Você teve sorte... fez dinheiro... não tem doente na família, dá pra progredir... agora eu..." E apontava sua esposa, a magra figura de tia Frida, remoendo seu problema renal e nos encarando como um bicho que pede desculpas, alguém que espera talvez morrer cedo pra deixar o saudável e dominador marido livre do "encargo" de aguentá-la...

Calma, Henrique. Você anda mórbido. As coisas não são bem assim... será? Talvez na casa da Bia as festas sejam menos hipócritas, ou na casa de outras pessoas o encontro natalino não se transforme nesse fino gelo que separa a educação da hipocrisia. Talvez.

Talvez eu seja mesmo esse esquisitão. "Alguém que não gosta do Natal", como falou Bia, a pobre Bia, tão espantada de que eu não combine com ela sobre festas e família. Eu quero ter uma família com Bia? Assim, igual meu pai e minha mãe? Irmos a festas natalinas e comermos tortas e falarmos "Boas festas" engolindo o tédio e o ressentimento? Nunca. Mas eu finjo que está tudo bem e tudo na santa paz.

À tarde, mamãe invadiu meu quarto com o cheiro de tempero de frango e sua presença maciça de mulher mandona. Mamãe não é gorda, mas sempre aparenta mais peso do que tem. Mesmo que morra de fome nos regimes, seu rosto redondo e braços roliços a marcam como "gorda".

— Eu não vou.

Falei sem pensar. Só continuei me sentindo um corpo vazio sobre a cama, em meu quarto.

— O que foi, Henrique? Não vai aonde? — ela procurava meus sapatos novos no armário embutido. Não olhava para mim.

— Eu não vou nessa festa, mãe.

— Como não vai? Nem me disse nada...

Seu rosto revelou um espanto tão absolutamente autêntico que fiquei chateado. Senti que meu rosto ficava vermelho. Era tão mais fácil mentir. E não olhei pra ela enquanto falava, hoje de tarde:

— Eu... combinei com a Bia. Fiquei sem jeito de falar antes... preciso ir pra casa dela.

— Hen-ri-que... — ah, o modo de ela falar meu nome nos momentos difíceis... — mas sua avó, seus primos...

— Vovó vai ficar contente em saber que estou namorando. Ela sempre me cobra isso. — Tentei falar de um jeito engraçado. Mamãe se sentou na beirada da cama, ajeitou a colcha (a força do hábito: sempre arrumar, arrumar tudo, sempre...).

— Henrique, por que não me disse antes... eu pensei...

— Desculpe, mamãe. É importante pra ela também. A senhora não diz que a Bia é uma garota legal? Estava difícil eu...

— Mas é só um namoro, Henrique. Natal é festa de família... você vai ser o único estranho lá.

Como ela podia saber disso? Como as mães podem saber coisas e afirmar coisas tão absolutamente precisas, se não perguntaram, não foram, não viram?

— Não... as primas dela também vão levar namorados... eu preciso ir lá, sabe? Você explica pra vovó... diz que eu passo na casa dela durante a semana.

— Os primos, seus tios...

— Dá um abraço neles por mim, está bem?

Mamãe suspirou fundo, afastou o cabelo dos olhos. Ela devia estar planejando um jeito de me fazer voltar atrás, hoje à tarde. Isso também é típico das mães.

— E quando você vai pra lá?

— Logo — menti. — Não vai ser na casa da Bia, tem que passar na casa de um outro parente...

— E nem mais tarde, você poderia ir pra...

— É difícil, né, mãe?

Mamãe suspirou ainda mais fundo. Ela sabe que sou um adulto, aos 19 anos não se pode ameaçar um cara alto que nem eu, nem prometer tapas no bumbum. Então resta a chantagem da expressão do rosto, aquilo como "você magoa sua mãe".

— Mamãe... corta essa. Vai curtir o seu assado que ele...

— O assado! Meu Deus, deve estar torrando...

Ela saiu depressa e bem depressa fui para o chuveiro. Um banho demorado. Roupa nova, sapatos novos. Relógio novo. Peguei as chaves do carro, presente do ano passado, quando entrei na faculdade. Desci rapidamente as escadas do sobrado, vi o vulto de mamãe lutando com o forno de micro-ondas e cercada pelas duas empregadas. Se não fosse pelos eletrodomésticos, a gente podia dizer que nada mudou desde os tempos da senzala.

— Vou indo...

— É cedo. Nem vai esperar seu pai, sua irmã...?

— Você explica pra eles, está bem?

De novo, nos olhos dela, a expressão de medo. Medo de perder um filho? Medo do estranho que habita o corpo daquele "seu menino", e que pode parecer um monstro?

— Eu me cuido. Um beijo.

Eu me cuido... é exatamente meia-noite. Bem longe, os sinos tocam. Deve haver algum perigo em ficar aqui, estacionado no parque, tomando sozinho essa garrafa de champanhe e comendo sozinho esse bolo. E pensando. O mendigo se alegra com os sinos, como se tivesse alguma coisa pra comemorar no Natal. E talvez tenha. Ele ergue o cachorro por duas patas e os dois ficam dançando. Acho que não me viu, ou estava tão entretido com sua ceia que não se importou com o automóvel estacionado aqui. Talvez pudesse dividir com ele o champanhe. Mas sua alegria é muito individual e eu não estou no clima de atrapalhar a alegria de ninguém. Sou apenas um cara de 19 anos que odeia o Natal. Que se acha um estranho num mundo de consumo e aparências. Que não entende as mulheres, ah, uma mulher aqui comigo, com quem eu abrisse a alma. Sozinho.

Arrumo o espelho retrovisor, olho pra dois olhos castanhos e um nariz largo. "Feliz Natal", falo pro cara me encarando no espelho. Ele responde junto comigo. E ambos fazemos um brinde.

Jogo no fim da tarde

Saí da quadra estapeando o rosto de Felipe com a camisa – como sempre fazia. Era nosso jeito de sacanear o amigo, depois do jogo: meter a camisa fedorenta de suor no nariz do outro. Mas dessa vez ele não devolvia as camisadas. Ia devagar, afastando com o braço minha camisa, um sorriso daqueles distraídos no rosto, o olhar fixo no chão, como se eu não estivesse ali.

Alguma coisa me apertou dentro do peito. Uma sensação ruim, o medo.

Continuamos andando em silêncio. Seis horas da tarde, começava a ventar. Nosso colégio ficava numa colina e era bonito ver o pôr do sol dali.

– Você marcou um gol lindão, Felipe. – Pensei que a tristeza dele era porque empatamos o jogo. – Pena que o safado do zagueiro deles teve a sorte de empatar...

– Tudo bem. Jogo é assim mesmo.

Não, a chateação dele não era por causa de futebol.

– Você viu a roupa que a Neide estava usando hoje? Aquela blusa que mostra os peitos todos...

Botei as mãos no meu peito magro, erguendo duas bolas imensas, imitando as tetas da Neide. Se a coitada tivesse aquele peitão todo, seria uma pomba ou um peru. Nem isso animou o Felipe. Então a chateação dele não era por causa de futebol nem mulher. Devia ser sério.

Dei uma trombada nele, que ia dois passos à minha frente.

— Ei! Por que você parou?

— Você é capaz de guardar um segredo, Artur? De verdade?

— Claro.

O rosto de Felipe tinha uma intensidade que nunca havia visto antes. No rosto de ninguém. Quer dizer, ninguém em carne e osso, melhor, que bobagem a minha, só tinha visto aquele tipo de olhar nos filmes de cinema. Quando o herói agarra o amigo pelos braços, olhos-nos-olhos e diz "Guarda um segredo? Jura?", e o amigo responde que "sim, pela minha alma". Não falei pela minha alma, e também não precisei jurar. Sabia que o Felipe ia me contar de qualquer maneira, e jamais ia trair meu melhor amigo.

Melhor amigo... como é difícil hoje eu descobrir quem seria meu melhor amigo. Tenho colegas, conhecidos. Mas nunca "o" melhor amigo. Aquele que divide os sonhos com você, e com quem você se imagina viajando para a Lua. Aquele tipo de amizade intensa que eu acho que só existe quando se tem 15 anos.

Felipe sentou no cimento da quadra. Estávamos perto do gol, e mesmo no final da tarde o calor do cimento ardia na bunda. Encolhi os joelhos do mesmo jeito que Felipe, e ficamos olhando o vermelho forte do sol se pondo no final do morro. Dali a gente via nosso bairro: as centenas de casas pequenas, telhados alaranjados, vielas mal calçadas, o esgoto a céu aberto, onde nós, moleques, brincávamos de riacho... era tudo tão pouco, tão pobre. Mas não sabíamos disso, naquela época. A gente tinha a vida pra descobrir que o mundo podia ser maior. A diferença entre nós era que ele queria descobrir essa vida antes de mim.

— Eu vou embora, Artur.

— Embora? Seu pai vai se mudar?

Ele ia arrancando a casca de uma ferida antiga, redonda ferida no joelho.

— Não. Eu vou sozinho.

Nessa hora eu entendi. Meu coração deu uma disparada no peito e olhei pra ele como se ele pudesse sumir da minha vista, como se fosse um truque de TV, que faria meu amigo desaparecer aos poucos de diante de meus olhos...

— Fugir de casa? É isso, Felipe?

Aí ele me encarou. Aquele tipo de olhar de quem está decidido.

— É.

Havia lágrimas nos olhos de Felipe. E depressa ele desviou os olhos de mim, continuou cutucando o machucado no joelho, arrancando devagar a casquinha da ferida.

— Meu pai não gosta de mim, Artur. Nunca gostou. Eu sou a cara da minha mãe. Ele odeia a minha mãe. Chama ela de vagabunda. Eu sei que ela não é uma vagabunda. Só não sei... por que ela não me levou.

A gente sabia sobre a família do Felipe. Todo mundo no bairro sabia, mas ele mesmo nunca falou nada comigo sobre isso. Acho que com ninguém. Quando ele estava com 7 anos, a mãe dele desapareceu. Tinha fugido com outro homem. Pensei na minha própria família: meu pai, motorista de caminhão, vindo a cada dois meses pra casa — mas sempre trazendo presentes e mandando cartas. Cartas de papel amarelado de poeira, falando de saudades e de lugares distantes do Brasil. Minha mãe: morena e magra, trabalhando como costureira pra que eu e meus dois irmãos pudéssemos estudar e ter comida em casa. Imaginei como devia ser a vida de Felipe, o meu melhor amigo... o pai chegando tarde, largando ele o dia inteiro sozinho, anos e anos assim...

— Pra onde você vai, Felipe?

— Tem uma tia que mora em Minas... eu já escrevi pra ela.

Ele não tinha tia coisíssima nenhuma, eu podia adivinhar isso. Mas não ia piorar as coisas, chamando Felipe de mentiroso.

— Quando você vai? Você tem dinheiro?

— Não sei... tenho alguma coisa.

E eu só conseguia olhar pra ele de um jeito tão fixo e não conseguia pensar em outra coisa. Ainda me passou pela cabeça a ideia, por que não? Por que ele não podia morar conosco? Ser mais que meu amigo, ser um irmão? Não, o pai dele logo o procuraria em nossa casa.

— Você vai trabalhar, é isso? Com 15 anos?

— E daí? O Saci não trabalha, e tem só 14?

Saci era um vizinho dele. Suspirei fundo. Olhei para o pôr do sol... como o vermelho daquele fim de tarde ficou marcado em minha memória. A decisão de Felipe era definitiva, sentia isso em meu peito. E eu me sentia ainda tão moleque, com nosso futebol de fins de tarde, nossas aulas do ensino fundamental pela manhã, nossas paqueras às garotas da classe. Felipe ia partir.

— Seu pai... sabe?

Felipe limpou o nariz, fungou. O choro-não-choro continuava marcando seu rosto. Ele não me encarava, ia cutucando o machucado.

— Claro que não. Ele não ia deixar... não sei por quê. Eu sou um estorvo pra ele. Ele já falou isso tantas vezes... assim eu deixo o pai em paz.

— A sua mãe...

— Eu não vou procurar por ela, também. Filho não é gatinho, que a gente larga ou dá de presente.

Ele olhava agora pra frente. Apoiou o rosto no joelho. Uma lágrima brilhava no seu olho.

— Só falei pra você, Artur. Você entende... você é meu amigo.

Segurei no braço dele. O toque parece que desmontou, em meu amigo, as emoções. Claro que ele estava com medo... Felipe se abraçou a mim, e soltou o choro. Agora eu não podia ver seu rosto, mas sentia seus soluços. Ficamos muito tempo abraçados. Era estranho, uma tentativa de passar coragem, de mostrar amizade...

Foi uma tarde há muitos anos. E guardei sempre a imagem do nosso abraço, como se eu pudesse ser uma outra pessoa, invisível, que estivesse olhando nós dois abraçados no meio da quadra. Talvez aquela tivesse sido a primeira vez que Felipe chorou e falou dos pais, não sei. Sei que foi a última vez que o vi. Ele realmente sumiu no mundo.

E nós nem sabíamos o tamanho que tinha o mundo naquela época. Mas, para algumas pessoas, bem cedo ele teria de ser maior que uma quadra de futebol...

A autora

Oi! Eu sou a Marcia Kupstas e sempre gostei de livros. Seja para ler ou para escrever. Quando era criança, amava a ideia de morar no Sítio do Picapau Amarelo, com as inesquecíveis personagens de Monteiro Lobato. Depois que cresci, descobri muitos autores maravilhosos, que me ofereceram páginas onde pudesse morar. Até que resolvi escrever minhas próprias histórias...

O primeiro livro foi *Crescer é perigoso*, que ganhou o Prêmio Revelação Mercedes-Benz. Ele saiu em 1986 e faz sucesso até hoje entre os jovens!

Aliás, gosto muito de escrever para jovens. Tenho dezenas de livros para essa faixa etária... como este, que está aqui para você. Espero que tenha gostado!

Beijos

Entrevista

Eu te gosto, você me gosta é uma sucessão de contos, cujas personagens são adolescentes frequentemente apaixonados por "eles", por "elas", pelos amigos, pela vida. A descoberta do amor, a dor do rompimento do namoro, a ansiedade do primeiro encontro, a falta de confiança em si são algumas das situações tratadas na obra, a partir do ponto de vista do adolescente. Que tal agora saber o que levou a autora Marcia Kupstas a escrever sobre os jovens e para os jovens?

VOCÊ TEM UM INTERESSE ESPECIAL PELOS TEMAS DA ADOLESCÊNCIA, PELAS DESCOBERTAS E CONFLITOS DESSA IDADE?

• Sim. Gosto muito de escrever para jovens, desde o início da carreira, com o livro *Crescer é perigoso*, grande sucesso na área e que ganhou o Prêmio Mercedes-Benz de 1988 e continua atraindo leitores até hoje. Na época, era professora e tinha quase mil alunos adolescentes. Com esse íntimo contato com os jovens, fiquei fascinada com o seu universo e com os seus conflitos. Meus livros seguintes continuaram abordando esses assuntos tão importantes desse período da vida.

NO PRIMEIRO CONTO DESTE LIVRO – "MARESIA" –, GABI NÃO ACEITA MUITO BEM SEU CORPO, POIS É GORDINHA. SENTIR-SE BEM COM O PRÓPRIO CORPO É SEMPRE UM PROBLEMA PARA OS JOVENS, MAS VOCÊ CONCORDA QUE HOJE EM DIA A INFLUÊNCIA DOS PADRÕES DE BELEZA É AINDA MAIS TIRANA?

• Sem dúvida! A mídia é cruel com os modelos de beleza e muitos adolescentes se sentem bastante infelizes se não correspondem aos padrões. Acredito que uma das funções do escritor que escreve para os jovens é ser consciente das dificuldades de seu público e procurar, sempre, apresentar modelos e mecanismos de defesa da autenticidade e autoestima, que permitam a identificação entre público e personagens.

COM BASE NA SITUAÇÃO VIVIDA POR ALFREDO, NO CONTO "TEM DE SER EM MAIO", SE LHE PEDISSEM UM CONSELHO, O QUE VOCÊ DIRIA A UM ADOLESCENTE QUE ESTÁ EM DÚVIDA COM RELAÇÃO AO CASAMENTO PRESTES A SE REALIZAR E SE SENTE PRESSIONADO POR UM MOTIVO QUALQUER?

• Meu conselho é que procurasse entender seus sentimentos e se questionasse bastante antes de tomar uma decisão precipitada. Um grande problema pessoal e mesmo social é o da gravidez precoce e de famílias constituídas muito cedo. O jovem tem o direito de viver sua adolescência de maneira ampla e satisfatória para se tornar um adulto mais realizado.

NA SUA OPINIÃO, OS MEIOS DE COMUNICAÇÃO, EM GERAL, FAZEM UMA BOA ABORDAGEM DOS PROBLEMAS QUE MAIS AFLIGEM OS ADOLESCENTES?

• Nem sempre. Há bons programas para jovens, na TV e no rádio, mas a grande maioria explora estereótipos da juventude de maneira vulgar ou superficial e isso só prejudica a formação dos jovens, principalmente daqueles que se sentem deslocados dos padrões mais comuns.

QUE LEITURA VOCÊ RECOMENDARIA PARA UM JOVEM APAIXONADO?

• Recomendo a leitura para todos os jovens, não só os apaixonados, sempre. Ler é bom e quem tem o hábito de ler nunca fica sozinho, cresce não só em bagagem de informações como na avaliação dos próprios sentimentos. Acredito que oferecer uma lista é pouco, o importante é o jovem descobrir sua área de interesse e procurar livros sedutores, atraentes, que falem diretamente à sua alma.

QUE AUTORES "EMBALARAM" A SUA JUVENTUDE?

• Muitos! Fui e sou leitora apaixonada por livros de todas as áreas. Mas adorava, na adolescência, ler os livros de Ernest Hemingway e sobretudo D. H. Lawrence, que escreveu *O amante de lady Chatterley*, um clássico sobre o relacionamento entre homens e mulheres.

Eu te gosto, você me gosta

Marcia Kupstas

Suplemento de leitura

Elas se chamam Gabriela, Daniela, Laura, Cris, Cida, Beatriz, Marília, Ana, Maria Clara. Eles se chamam Ciro, Lucas, Alfredo, Marcos, Henrique, Felipe, Carlos.

Gabriela se acha gorda. Daniela está insegura, pois o namorado resolveu viajar em pleno Dia dos Namorados! O rapaz que encanta Laura nem olha pra ela. Cris está apaixonada por um professor. Maria Clara, tão menina ainda... Cida escreve poesias. Beatriz sente ciúmes. Marília faz uma descoberta. Ana se surpreende. Eles também, como elas, fazem descobertas, sentem ciúmes, se surpreendem. Enquanto os contos de Marcia Kupstas se desenrolam, desenvolvem-se os laços que unem ou afastam as pessoas, os fios que arrematam relacionamentos ou delineiam problemas – alguns, típicos da juventude; outros, próprios de outras fases da vida.

Por dentro do texto
•
Personagem e enredo

1. O livro se divide em duas partes: Elas e Eles. Os contos de Elas têm como protagonista personagens femininas; os de Eles, personagens masculinas. Na sua opinião, o que a autora quis com essa divisão e com esses protagonistas?

2. Podemos caracterizar personagens considerando seus aspectos físicos, psicológicos, sociais. Assim, indique as características:

   a) físicas de Cida ("Olhos verdes")

   b) psicológicas de Ciro ("Primeiro encontro")

   c) sociais de Felipe ("Jogo no fim da tarde")

3. Compare a situação vivida por Gabi ("Maresia") e Ciro ("Primeiro encontro"). Podemos apontar algumas semelhanças no comportamento dos dois? Quais?

4. Henrique não gosta de Natal, e tem suas razões. Explique, com suas palavras, as razões de Henrique, e comente se você concorda ou não com elas. Justifique sua resposta.

Produção de textos

14. A exemplo de Maria Clara, deixe seus pensamentos fluírem e escreva um conto de vinte linhas sobre o companheiro ideal ou sobre o amigo ideal.

15. Imagine o encontro de Cida ("Olhos verdes") com Sílvio, e escreva um diálogo de quinze linhas.

Atividades complementares

(Sugestões para Geografia e Ciências)

16. A situação vivida por Felipe, que resolve sair de casa e cuidar da vida sozinho, não é incomum em nosso país. É enorme a quantidade de crianças que fogem de casa – muitas vezes em razão de maus-tratos – e vão parar nas ruas. Junto com seus colegas, faça um levantamento sobre o número de crianças que vivem nas ruas brasileiras, e os motivos que as levaram a fazer tal escolha.

17. No conto "Caretão", Caretão quis rever os amigos, contar a eles as experiências que viveu com as drogas. Consulte livros, revistas e jornais e faça uma compilação de depoimentos de ex-drogados e ex-alcoólatras. Em seguida, tente responder aos seguintes itens:
    a) Quais são as semelhanças e as diferenças entre os depoimentos?
    b) Você acha que ler esses depoimentos pode ajudar as pessoas a tomar cuidado para não se viciar em drogas e álcool?

5. Na literatura mundial, existe uma personagem muito famosa – Cyrano de Bergerac, da comédia de mesmo nome escrita por Edmond Rostand – que, por ser extremamente narigudo, não revela sua paixão por uma moça, mas escreve-lhe cartas em nome de seu namorado. Ela adora essas cartas, e sua identificação com elas é muito grande, mas só fica sabendo do verdadeiro autor das cartas e do amor de Cyrano por ela quando este está à morte. Aponte semelhanças e diferenças entre essa história e a de "Olhos verdes". Justifique sua resposta.

_____

_____

_____

6. O conto "Caretão" aborda um tema muito atual e delicado: as drogas. Carlos, uma das personagens, tem atitudes preconceituosas e irônicas em relação a Caretão. Retire do texto algumas frases que demonstram isso. O que leva Carlos a agir assim?

_____

_____

7. A insegurança e o medo de ser rejeitado aparecem no comportamento de diversas personagens, ainda que de diferentes maneiras. Explique a insegurança das seguintes personagens, comentando suas razões e dizendo como ela se manifesta:

a) Gabi ("Maresia")

_____

b) Daniela ("Dia dos namorados")

_____

_____

c) Ciro ("Primeiro encontro")

d) Carlos ("Caretão")

Foco narrativo

8. Alguns contos foram escritos em primeira pessoa, outros, na terceira. Indique o foco narrativo dos contos abaixo:

a) "Maria Clara"

b) "Dia dos namorados"

c) "Aula extra"

d) "O chiclete"

e) "Um presente para Ana"

Tempo

9. O *flashback* é uma técnica de voltar no tempo da narração que tem muitas funções: esclarecer os fatos, retardar o desfecho, criar suspense, etc. Indique um conto em que a autora usa esse recurso e explique por quê.

Linguagem

10. No conto "Maresia", a imagem da gorduchinha Gabi vai sendo construída aos poucos. A autora só nos conta no terceiro pará-

grafo que Gabi é gorda. Retire do texto trechos que demonstram essa construção.

---

11. Releia com atenção o seguinte trecho, extraído do conto "Maria Clara":

Eu queria ter uma história bem interessante pra contar. Como se eu tivesse sido raptada por ciganos e meus pais fossem ricos, ricos, e eu fosse também tão bonita que um dos ciganos se apaixonasse por mim e eu depois descobria que era rica e era nobre e casava com ele mesmo assim, porque o que vale é ser bom de coração e a gente se dava um beijo de amor. Mas não existem ciganos no Brasil (se existe, eu nunca vi). Pra dar um beijo eu teria de tirar o aparelho dos dentes e mostrar muito mais idade do que 12 anos. (p. 20)

Que recursos de linguagem a autora utiliza para nos transmitir essa ideia de fluxo de pensamentos que se sucedem sem parar?

---

12. Observe este outro trecho de "Maria Clara":

[...] mas EU sei tuuuuuudo sobre menstruação e ficar mocinha. (p. 21)

Que recursos a autora utilizou nessa frase, e com que finalidade?

---

13. Retire do conto "Recreio" alguns exemplos de linguagem coloquial.